彼女たちの場合は　下

礼那(れいな)が驚いたことに、いつかちゃんはあっというまに昼間も働き始めてしまった。大きな道の角にある〝ポケッツ〟という店で、午前十一時から午後三時まで、ランチのシフトに入っている。短い期間にできるだけたくさんお金を貯めるためで、いつかちゃんによると、ティファニーというウェイトレス仲間の友達もでき、ライヴハウスでの夜の仕事より難しくなくてたのしいらしい。〝ポケッツ〟には礼那も一度行ってみたのだが、壁の一面がガラスばりの、広いあかるい入りやすい店で、平日の昼間でも混雑していた。学生、観光客、スーツは着ていないけれど首からIDカードをぶらさげているのでそれとわかるビジネスマンたち、カップル、家族連れ――。種々雑多な人たちがいた。店の人がみんな着ている深緑のポロシャツを着て、いつかちゃんはきびきび働いていた。その日に見た限りでだけれど、ちゃんと愛想もよくしていた。

ティファニーは、礼那を見ると「かわいい」を連発し、店の名物だというフライドグリーンビーンズをサービスしてくれたが、それはいんげん豆のフリットで、おいしいのだけれど巨量で、礼那は結局紙袋に入れてもらって、ほとんど全部持って帰る羽目になった。それでなくても、いつかちゃんが毎日何かしら持って帰ってくるので、夕食がいつもそこの料理なのに。

野菜や果物やヨーグルトは買うけれど、それ以外の食費を節約できることをいつかちゃんは喜んでいる。〝お金貯めモード〟なのだ。毎晩仕事から帰ると、その日にもらったチップの合計額を教えてくれる。いつかちゃんの計算によると、二つの仕事のお給料プラスチップで、一か月に二千八百ドルから三千ドル貯まるらしい。

そんなふうなので、ここに来てからもう何日もずっと、礼那は昼間、一人で街を歩きまわっている。

ここはほんとうに音楽の街だ（ニューヨークに〝ビッグアップル〟という愛称があるように、ナッシュヴィルには〝ミュージックシティ〟という愛称があるのだと教えてくれたのはピートで、礼那は、いつかちゃんが夜の仕事にでているあいだ、アパートにいてもつまらないので、たいていピートの店にいる）。そこらじゅうライヴハウスだらけだし、そうでない店の看板も、どういうわけかギター形とか音符形とかをしている。幾つもあるミュージアムは全部音楽がらみ——カントリーミュージックの殿堂とか、ロック音楽博物館とか、〝南部のカーネギーホール〟と呼ばれている公会堂とか——だ。いちばんびっくりしたのは、街のあちこち（おもに交差点）に大きな箱型のスピーカー

(雨ざらし!)が据えられていて、一日じゅう音楽を流していることで、でも音量が小さくて、耳を澄まさないとよく聞こえない。一体何のために、と礼那は思ってしまうのだが、ピートに言わせると、「音楽はこの街の人たちの誇り」なのだ。

他に礼那が観察したところによると、この街にお洒落(しゃれ)なお店というものは皆無だ。たとえば洋服屋に売っているのは、胸元の大きくあいたフリルだらけの赤いブラウスとか、豹柄のミニスカートとか、サテンのジャケットとか、誰が着るのか謎な服ばかりだし、靴屋に売っているのは中古かと思うくらい古めかしい靴ばかりだ。

ちょっと退屈。

礼那はノートにそう書く。川ぞいの道を歩くのは気持ちがいいし、おいしいプラリネ(実演販売をしているので、試食品をもらうと温かい)も見つけたけれど、それでも——。唇形のソファに坐(すわ)った礼那はノートを閉じ、リモコンをとってテレビをつける。もうすぐいつかちゃんが帰ってくるが、早目の夕食が済めばまた夜の仕事に行ってしまう。きょうの夕食も、たぶん〝ポケッツ〟の料理だ。

客の入りは席数の四割、舞台ではいま〝ワイルド・セプテンバー〟というバンドが演奏中だ。ここ〝サード・フィドル〟では、毎晩五回、ステージがある。おなじバンドが複数回こなすこともあるし、五回とも違うバンドがでることもある。〝ワイルド・セプテンバー〟はベースとドラム、キーボード、ツインギター（片方がメインヴォーカル）という編成で、上手いのか上手くないのか逸佳にはよくわからない。が、客の反応を見る限り、たいしたことはなさそうだ。逸佳はつい安堵する。ステージの出来がいいと、客はいきなり盛りあがるのだ。のむペースもあがり、ミュージシャンに奢りたがる人も出現するので注文が混乱し、手拍子や足拍子ばかりか、踊りだす人たちもいて、騒々しくて注文の英語が聞き取れなくなる。さらに、そうなるとガラス越しに見える店内の熱狂に誘われて、新しい客がまたどんどん入ってきてしまう。席数とは関係なく客を入れるので、満員電車なみに混雑する。店にとってはいいことに違いないのだが、そんな状態の店内で、一人一人の注文を聞き、内容と同時に注文主の外見も記憶し、それぞれののみものを正しい相手に手渡すというのは至難の業だ。まあ、だからといって、今夜のように静かすぎても（チップが減るので）困るのだけれども。

テーブル席に一組だけいた三人連れの客がでて行き、逸佳は〝出番〟とばかりにグラスをさげてテーブルを拭いた。〝ワイルド・セプテンバー〟はまだ演奏中だ。男性ヴォーカルがしっとりした声で、「私の結婚指輪を誰か他の人がはめている」という変な歌詞の歌を歌っている。

「せめて、一つの曲が終ったときに帰ればいいのに」

逸佳が言うと、イシャムはひっそりした笑みを浮かべた。

「彼らには、好きなときに帰る権利があるよ」

「それはそうだけど」

歌っている途中で客が席を立ってしまったら、ミュージシャンは悲しいだろう。

「ナイーヴだね、IT(アイティー)は」

イシャムが言い、今度はくっきりと笑う。無音のまま、唇だけが大きく形づくる笑みだ。バーテンダーのイシャムはモロッコ人で、無口だけれど喋(しゃべ)ると声がやさしい。

「ノー」

逸佳は否定した。いくらやさしい声で言われても、〝ナイーヴ〟というのがほめ言葉ではないことは知っていた。

「私がナイーヴなのじゃなく、お客の良識の問題だと思う」

イシャムは無言で首をかしげ、賛成できないことを伝えて寄越す。

入口ががやがやし、ふり向くと、いかにも団体旅行の自由時間中、といった風情(ふぜい)のアメリカ人が六人組で入ってくる。夫婦だろうか、男女三人ずつで、みんな六十歳くらいに見える。客が来ても、席に案内したりはしない。みんな、好きな場所に立ったり坐ったり(椅子があるのはカウンター席だけだが)するのだ。六人組は、四人が一つのテーブルにつき、二人がカウンターを選んだ。逸佳はまっすぐテーブルに向う。

「ハイ、ガイズ。何をのみますか」

祖父母みたいな年齢の人たちを〝ガイズ〟呼ばわりするのは気がひけたが、フレッドに、相手が幾つだろうと男女が交ざっていたらそう言うよう指導されている（「教科書英語は忘れろ。日本的礼儀正しさも忘れろ」）。女性ばかりならレイディーズかガールズ、男性ばかりならジェントルメンかボーイズ。

「ウイスキーソーダを」

男性の一人がこたえてくれるが、あとの三人はお喋りに夢中だ。

「銘柄はどうしますか」

こたえてくれた男性に尋ねる。が、逸佳の声は、

「あの子、ジェイミーに似ていない？」

と言った女性の声にかき消される。女性が、鳴り響く音楽に負けじと声をはりあげ、さらにウイスキーソーダ氏の腕に指輪だらけの手を置いたからだ。

「どの子」

「歌ってる子よ。まんなかの子」

ウイスキーソーダ氏はステージを数秒間凝視し、「どうかな」と言った。「ジェイミーはもっと背が高いんじゃないかな」と。

「あの、ウイスキーの銘柄はどうされますか？」

「私はビールをもらおう」

もう一人の男性が言う。

「どのビールにしますか？」

逸佳はじれったくなり、テーブルの上のメニューをひらく。ビールも三種類あるのだ。

「私が言ってるのは顔よ、顔。よく見て。とくに横顔が似てるの」

「ジェイミーって、昔溺れかけた子？」

もう一人の女性が訊く。

「ほら、昔みんなでラスボスビーチに行ったときに」

もしもーし。逸佳は胸の内で言う。みなさん何をのみますかー？　けれどその言葉を声にすることはできず、だからもちろん誰の耳にも届かない。


いつかちゃんの仕事が終るのを待ちながら、礼那はいま、家族あての葉書を書きだめしている。二十四時間営業のハーミテイジ・カフェは、夜でも昼間みたいにあかるい。やってきて、ハンバーガーをさくっとたべてでて行く労働者ふうのおじさんや、勉強をしながらコーヒーをのんで長居をする学生、夜の朝食をはさんで向い合っているカップルや、ピートを相手にあらゆることを話すおばさん（しょっちゅう会う。常連なのだ）。ここは地元の人たちのための店だ。

ピートの仕事ぶりがよく見えるカウンター席に坐って、コーラを、いつかちゃんが来るまでもつようにすこしずつのみながら、礼那は、でもちょっと不思議に思う。労働者ふうのおじさんはこれから仕事に行くところか、仕事が終って帰るところかだろうからわかる。でも他の人たちは、こんな夜遅くに、なんでここにいるんだろう。どうして自分の家に帰らないのだろう。礼那と違って、帰れないほど遠くに家があるわけではないのに。

葉書を書きだめしているのは、当分この街にいることになるからで、居場所を知られてしまわないように、この街を離れるときまで投函しないつもりだからだ。いつかちゃんとそう決めた。

パパ、ママ、譲、元気ですか。礼那は元気です。ここの人たちの英語は、ニューヨーカーの英語と全然違います。プラリネのことをアイーンって発音するんだよ！　それに、男の人の半分は、カウボーイブーツをはいています。　LOVE　礼那

葉書の一枚に、礼那はそう書いた。

パパ、ママ、譲、元気ですか。礼那は元気です。

またべつの一枚にもそう書いて、他に何を書いていいのかわからなくなり、ピートの似顔絵を描く。髪の毛がすくなくて、フレームの華奢な眼鏡をかけていて、痩せて両頰がくぼんでいるピート。

できあがった絵に矢印をして、ピート、と書いたときいつかちゃんが入ってくる。

「寒いー」

と言いながら、おもての冷気を連れて。

「きょうはどうだった？」

ピートが訊き、

「まあまあです。これから混むのかも」

と、いつかちゃんがこたえる。礼那は、葉書とペンを袋に入れて立ちあがる。

「おやすみ。気をつけて」

ピートの声に送られておもてにでる。夜気はほっぺたに痛いくらいつめたい。

「おかえりなさい、IT」

礼那が言うと、いつかちゃんは不興げな顔をする。

「やめて」

ITというのはライヴハウスのオーナーが決めたいつかちゃんの呼び名で、その人にとって、イツカというのは「いちいち発音するのがしちめんどくさい」名前なのだそうだ。

帰り道、礼那はいつもいつかちゃんと、しっかり腕を組んで歩く。夜でこわいからでも寒いからでもなく（それも、ちょっとはあるけれど）、一日じゅう街の人に〝貸していた〟気がするいつかちゃんを、取り戻せてうれしいからだ。そして、スピーカーの設置されている場所では必ず足を止め、心細い音量で流れる昔のロックをすこしだけ聴く。

午後、ランチタイムの混雑が終ると、店内の空気がふいに家庭的になる。まるで、どこかの家の日あたりのいい居間みたいな気配になるのだ。幾つかのテーブルには食器や料理の残骸が放置されているし、長居の客や、ぎりぎりに入店した客がまだちらほら残ってもいるのだが、それでも混雑時の店とは景色があきらかに違っていて、時間が間のびしたような、店そのものが昼寝をしたがっているような雰囲気になる。毎日のことなのに、逸佳はそのたびにささやかな達成感——きょうも無事にここでの仕事を（ほぼ）やり終え、混雑時の喧噪（けんそう）と忙しさと英語の嵐を切り抜けた——と、説明のつかない親和感——自分は店の一部であり、だから店がほっとすると自分もほっとする、というような——を感じる。腰につけた黒い小さな前掛けのポケットにはチップ——。逸佳は、ウェイトレスという仕事を自分が嫌いではないことを発見した。客はみんな、空腹な状態で店にやってくる。大人も子供も、男も女も、みんなだ。そして、ここで一度の食事をたのしみ、満腹になって帰って行く（客が帰るとき、逸佳はつい彼らのお腹を見てしまう。入店時より、わずかでも大きくなっているはずだと思いながら）。注文をとるのはとくに好きな仕事だ。誰が何を選ぶのか、観察するのはおもしろい。おすすめは何、と訊かれると逸佳ははりきる。返事の基本――週替りの〝スペシャル料理〟か、Tボーンステーキをすすめる――は決められているが、客の好みや要望に応じて他のものを提案しても構わないと言われてもいるからで、逸佳は自分がたべておいしいと思った、アップルソースがけの豚肉料理をすすめることが多い。

困るのは細かい質問をされたときで、メニューにある料理のことはひととおり教わったとはいえ、英語で説明するのが困難なことも多々あって、そうなると、誰かべつなウエイトレスかウエイターに、助けを求めなくてはならない。逸佳にはこれが悔しく、必ずあとでその説明を教わってメモし、次は絶対に自分で言えるように準備をしているのだが、いままでのところ、おなじ質問をされたことはまだ一度もない。

午後三時、どこかの家の居間みたいにのんびりした店のなかに立ち、そろそろ着替えをしにロッカールームに行こうとすると、

「お疲れさま。いい仕事ぶりだったね」

と声をかけられた。

「ありがとう」

こたえて胸の名札を確認し、

「ロバート」

　とつけ足した。顔は見知っているし、例の困難な質問のときに助けてもらったこともあるウェイターだが、名前は憶えていなかった。〝ポケッツ〟は広い店で、フロアだけでも常時十人前後の店員がいる。そのうちの半分以上が逸佳とおなじアルバイトだが、週に二日だけの人も三日だけの人もいて、昼のシフトに限っても、全部で一体何人いるのか把握できない。逸佳には、そもそも把握する気もなかった。仕事が気に入っているとはいえ、短期間だけの臨時雇いなのだ。

「今夜、あいてないかな」

　ロバートが言った。

「それか、あしたの夜でも」

　二十代前半、茶色い髪に茶色い目、中肉中背、真面目そうな男の人だ。

「ノー」

　逸佳はこたえ、夜も仕事をしているから、と説明した。

「休みの日はいつ？」

　ロバートは気を悪くするふうもなく、

「だって、休みの日はあるでしょ、どんな仕事にだって」

と、にこやかに言う。

「いい店があるんだ。観光客なんかが来ない小さな店で、裸のチキンウィングがたべられる。もし二人だと快適じゃないなら、ティファニーも誘えばいいし。仲がいいだろ、きみたち」

逸佳は考えるふりをした。ふりをして、〝考えたけど、やっぱり〟という雰囲気をだせていることを願いつつ、

「ノー。ごめんなさい」

とこたえる。目の前の男性は同僚だし、悪い人には見えないが、だからといって、なぜ一緒に食事をするのかわからなかった。でかけても、気づまりに違いない。それはおそろしいことだ。裸のチキンウィングというのが何のことかは気になったが、いまそれを訊くべきではないだろう。

ロバートはがっかりした顔をする（アメリカ人が、ある種の感情をあまりにもはっきり顔にだすことに、逸佳はいつも驚く。それはたいてい、自分なら隠すだろうと思う種類の感情だからだ）。そして、仕方がないねとでも言うように肩をすくめた。

ロッカールームに入り、自分のロッカーの扉をあけたときになってはじめて、逸佳は自分の鼓動が速まっていることに気づく。いま、自分はデートに誘われたのだろうか。あの真面目そうなアメリカ人に？　なぜ？　というか、まじで？

百四十両!

ヴィクトリーパークの中腹にある階段で、礼那は目を瞠った。きょうの貨物列車は、全部で百四十両あった。凍えそうな寒さにも負けず階段の途中で立ちどまって、真剣に数えたから確かだ。早くいつかちゃんに伝えたい、と礼那は思う。古ぼけて汚れた貨車もあれば、カラフルで新しげな貨車もあった。百四十両!

青い冬空だ。階段をおりきり、丘のふもとをぐるりとまわる形で歩きながら、この街の空の青さはニューヨークのそれと全然違う、と礼那は思う。こんなふうにお天気のいい日、ニューヨークの空はもっと青がくっきりしていて濃いのだが、ここのそれはちょっと白を含んでいてやわらかい。街の人たちのすこしやぼったい服装や話し好きなところ(とくに老人)、母音の強調されたのんびりした発音に、その色は似合う気がした。

耳をつんざく、というのがまさにぴったりの、かん高い子供の声が聞こえて礼那は足を止めた。悲鳴にも似たそれは笑い声で、小学生だと思われる子供たちが、丘の斜面を次々に滑りおりているのだった。赤や青の、プラスティックのそりにまたがっている子もいれば、段ボールの切れ端みたいなものにまたがっている子もいる。腹ばいになって滑りおりる子も。笑ったり叫んだり互いの名を呼び合ったりし、ふもとに着くと、それぞれ自分のそり(や段ボール)をひきずって、また斜面をのぼって行く。

数えると九人いた。男の子が五人、女の子が四人。いちばん小さそうな子は金髪で白人の少年で、いちばん大きそうな子はドレッドヘアの黒人の少女だ。色とりどりのダウンやフリース、手袋やマフラーやブーツで、みんなそれぞれに防寒している。

礼那の目は、気がつくといちばん小さそうな子を追っていた。たぶん四歳か五歳、弟の譲よりあきらかに幼いが、仲間のなかでいちばん年下だという理由でなんとなく譲と重なり、心配半分、応援半分の気持ちで見守った。その子は青いそりに乗っていた。他の子と違って笑うことも叫ぶこともせず、ただ黙々と滑りおりるのだが、こわいのか紐(ひも)を握りしめて背を反らし、両足を前につっぱるので、かかとがブレーキになってなかなか前に進まない。わずかずつ進んではいるが、ほとんど坐り歩きだ。力を抜かなきゃ。礼那は心のなかで言う。斜面のほとんどをその子は坐り歩きで進み、いちばん最後の一メートルくらいだけ、両足を浮かせて普通に滑る。他の子が三往復するあいだにようやく一回滑りおりるペースだ。紐をもっとたるませないと、と礼那は思う。誰か教えてあげればいいのに、と。

ダウンの裾を誰かにひっぱられ、見ると、七歳くらいの白人の女の子が立っていた。水色のニット帽に、ピンク色のダウンジャケット。頬を紅潮させ、礼那を見上げて、

「やってみたい？」(Wanna try?)

と訊く。小さい子に気を遣わせてしまったと思うと恥かしかったが、実際やってみた

かったので、

「いいの？」(May I?)

と訊いた。女の子は「どうぞ」(Sure)とこたえて赤いそりをさしだし、帽子の下で、金色の髪を耳にかける。

「暑くなっちゃった」

と言って、手で自分をあおぐ仕種(しぐさ)をする。

「暑くなっちゃったの？ こんなに寒い日に？」

礼那は笑い、じゃあこれ、ちょっとだけ借りるね、と確認して、斜面をのぼった。ところどころに枯れた芝生が残ってはいるが、全体的に黒い土がむきだしになっていて、湿っぽい。苦戦している少年の隣にそりを置くと、少年は見て見ぬふりをした。

「ハイ」

礼那は言ってみる。

「私はレーナよ。あなたは？」

少年はそれにはこたえずに、

「それ、お姉ちゃんのそりだよ」

と言う。

「姉弟(きょうだい)なの？」

尋ねると、少年はどことなく憮然とした面持ちで、重々しくうなずいた。

〝ポケッツ〟ででるまかない料理を、逸佳はいつも持って帰る。まかないには毎日サラダがつくので、昼はそれで十分なのだ。きょうの料理は貧乏人のステーキ――ボローニャソーセージをはさんだハンバーガーをそう呼ぶことを、逸佳はこの店で働き始めてはじめて知った――で、大きいので二人分の夕食になる。

「じゃあ、またあした」

誰にともなく呟き、ロッカールームをでようとすると、待って、と、着替えのさなかのティファニーが、大きな口の動きと身ぶりで言った。ポロシャツにスラックスというユニフォームを脱いだティファニーの、ブラジャーに包まれた豊かな胸と、ショーツからはみだしたやわらかそうなお尻。逸佳はついじっと見てしまう。自分以外の人間の身体は興味深い。さらに何か身ぶりで言われ、意味がわからなかったのでつっ立っていると、近づいてきたティファニーにイヤフォンをはずされた。耳のなかに響いていた、ヨットの〝サイキック・シティ〟が突然途切れる。

「それをはずしてって言ったの」

ティファニーが言う。

「ごめん。聞こえなかった」

逸佳はこたえ、iPodのスイッチを切る。

「それは道理だわね」

苦笑してそう応じたティファニーは、セーターを着てジーンズをはく。そうしながら、近いうちに映画を観に行こうと逸佳を誘った。トランペット奏者チェット・ベイカーを、イーサン・ホークが演じている伝記映画があるのだそうだ。朝一番の回ならここでの仕事の前に観られるし、もちろん〝あなたのかわいい従妹(いとこ)〟も一緒に――。

「悪いけど、行かれるとは思えないわ」

きょう二つ目の誘いだ、と思いながら逸佳はこたえ、

「でも、誘ってくれてありがとう」

とつけ足した。映画を観るにはお金がかかる。もちろんそのくらいのお金がないわけではないが、旅の資金をできるだけたくさん貯めようとしているいま、余分な出費は避けたかった。

「まあ、どうして?」

芝居がかっている、と言えそうに心配げな、女の子っぽい口調でティファニーは訊き、でもこれがこの人の普段の口調なのだということを、逸佳はすでに知っている。生粋のナッシュヴィルっ子だということも、二十二歳で、両親と一緒に暮していて、大学院に通っているボーイフレンドの卒業を待って結婚する予定であることも、そのための資金

(「下らないって言われるかもしれないけれど、盛大な結婚式を挙げたいの」)を貯めるために、逸佳とおなじく複数のアルバイトをしていることも。

「お金がないから」

単刀直入にこたえると、

「でも、学生証があればたった十ドルよ」

と言われた。

「それでもだめなの」

逸佳は頑(かたく)なに言い、再びイヤフォンを耳にはめる。ティファニーは肩をすくめた。

「じゃあ仕方がないわね。でも、いつか家には食事に来てね。でないとママががっかりするから」

彼女の言葉をそこまで聞いて、iPodのスイッチを入れる。シーユー、と呟き、片手をあげて通路にでる。出会ってまだ間もないのに、ティファニーはしきりに逸佳を自宅に招く。ママが会いたがっているからと言って。ありがたいと思う半面、逸佳にはややわずらわしい。二つの仕事をかけもちしているだけでも結構くたびれるので、これ以上英語で社交はしたくなかった。

〝ポケッツ〟のあるチャーチストリートから、川に向ってまっすぐ歩く。川にぶつかったら右に行く。それは一番街なのだが、1stアヴェニュー・ノースから1stアヴェニュー・サウスに途中で名前が変り、さらに歩くと、今度はハーミテイジ・アヴェニューに、また名前が変る。おなじ道なのに呼称が変るのではじめのうちは迷ったが、いまでは勝手知ったる通勤路なので、逸佳は地元の人たちのように、大きな歩幅でさっさと歩く。そんなふうに歩けることがうれしい。真白なペンキを塗られたハーミテイジ・カフェが見えたら、ヘイリーのアパートはもうすぐそこだ。黒ずんだレンガの古い建物、鍵のない共同玄関。帰ってきたと感じる。薄暗い階段を、逸佳は三階までのぼった。チャイムを押して、数秒待つとドアがあいた。

あけたのは、でも礼那ではなかった。白人の少女だ。部屋を間違えたのかと思い、逸佳はあやうく謝りそうになる。が、少女が、

「レーナ、誰かきたよ!」

と、子供特有のよく通る大声で叫び(ぎょっとするほどよく通る声で、イヤフォンをつけていても聞こえた)、すぐに礼那がでてきた。そのうしろから、白人の少年二人も。走り回っていたらしく、少年二人は笑いながら息をはずませている。状況がのみこめず、逸佳はどう反応していいのかわからなかった。とりあえず音楽を切る。

「見つけたよ!」

奥からまたべつな声が聞こえ、黒人の少年が飛びだしてきた。手にピエロの人形を持っている。ヘイリーの人形だ。

「彼女が私の従姉のイツカ」

礼那が子供たちに言い、最初にドアをあけた少女が逸佳の顔を見上げて、

「お会いできてうれしいわ、イツカ」

と、こちらの名前つきで礼儀正しく挨拶した。少年たちは室内に駆け戻る。

「あの子たち、いま宝探ししてるの」

礼那が言う。

「いや、っていうか、この子たち、誰？」

尋ねると、礼那は少女をアマンダだと紹介し、さっき丘で知り合って、一緒にそりで遊んだのだと説明した。そのあとみんなでアイスクリームをたべに行き、もっと遊びたかったけれど、いつかちゃんの帰ってくる時間だったから、ここにいないと鍵があかないと思って——。

男の子たちが居間から台所からバスルームから、構わず走り回ってはドアや戸棚をあけたり閉めたりしている（宝探しというより追いかけっこをしているとしか思えない）、騒々しい室内に入ると、L字形のソファに黒人の女の子が坐ってテレビを観ていた。

「ハイ」

妙に低い声で逸佳に言う。

「彼女はハンナ。十二歳なの」

そう言った礼那に、男の子の一人が笑いながらぶつかって抱きつく。

「いたーい。やったなー」

礼那が怒ってみせると、男の子はさらにけたたましい笑い声を立てながら逃げた。

「いまのはカイル。カイルとアマンダは姉弟なの。カイルが五歳で、アマンダは七歳。それであの子が——」

「一体何人いるの？　かんべんしてよ」

礼那の説明をさえぎって言った。

「五人。丘にはもっといたんだけど、あとの子は用事があって帰ったから」

「どうしてここに連れてきたりしたの？」

信じられなかった。礼那はなんて無防備なんだろう。

「この子たちの親が、心配して探し回ってたらどうするの？　警察に通報していたら？誘拐したことになっちゃうかもしれないのよ？」

「誘拐じゃないもん」

「それはわかってるけど——」

「オーケイ」

低い声がして、少女が唇形ソファから立ちあがる。

「私たちは帰るから、レーナを叱らないで」

疲れたような表情と、子供らしくもない掠(かす)れた声。逸佳と礼那のやりとりは日本語だったが、和やかとはいえない空気を敏感に察知したのだろう。逸佳は恥入ったが、いまさらどうすることもできない。

「みんな、この近くに住んでるの？」

少女にそう訊いてみた。

「家まで送るわ。あるいは、せめてヴィクトリーパークまで」

「その必要はないわ」

少女――ハンナ――はきっぱりと言う。

「まだ四時だし、このへんのことはあなたたちより私たちの方がよく知っているから」

ユー、ガイズ(you guys)。

ハンナに呼び集められ、それぞれ上着を着て靴をはき、すごすごと帰る子供たちを、逸佳は礼那と玄関に立って見送った。

夕食は、スパムみたいなもののはさまったハンバーガー（あまりおいしくない）と、きゅうりサラダだった。いつかちゃんは機嫌が悪い。子供たちをここに呼んだことを、まだ怒っているのだ。

「あのね、きょう、百四十両の貨物列車を見たよ」

礼那は言ってみる。

「前に見たやつより四十両も長かったんだよ。カーヴではずっと止まってるし、止まったり動いたり、すごくゆっくりしか進まないから最後まで見届けるには時間がかかったけど、れーな、ちゃんと数えたんだよ、階段の途中に立って」

昼間はその光景に目を瞠ったたし、早くいつかちゃんに報告したいと気が急いたけれど、こうしていざ言葉にしてみると、たいしたことではないように思えた。

「ふうん」

いつかちゃんの返事もそっけない。

「あ。洗い物、きょうはれーながするよ」

流しの前に立ったいつかちゃんに言ったのは、さっき子供たちにココアをふるまったからだ。カップが足りなくて、シリアルボウルやスープボウルも使ってしまい、それらが全部置きっぱなしになっている。

「いいよ、べつにこれくらい、たいした手間じゃないから」

けれどいつかちゃんはそう言って、さっさと自分で洗ってしまう。

「きょうもピートのところにいる？」

尋ねられ、礼那は、

「きょうはここにいる」

とこたえた。

バンドがオリジナル曲を披露すると、基本的に客の反応が悪い。それは逸佳が〝サード・フィドル〟で気づいたことの一つだ。客が好むのは往年のヒット曲のカヴァーで、歌声というより楽器のテクニックが重要視されているようだ。客がヒューと口笛を吹いたり、快哉（かいさい）を叫んだりするそういう曲は、でもラップやレゲエに馴れている逸佳の耳に、一つずつの楽器の音がいかにも未加工で、生々しく乱暴に聞こえる。

地元の客の方がミュージシャンに厳しい、というのも逸佳が気づいたことの一つで、ピンクのフェイクファーコートを着たおばあさんとか、ぱつぱつのスパッツをはき、夫と思われる男性と踊るために来る髪の長い中年女性とか、毎日のように来る人たちは、店に入って立ちどまり、三十秒くらい音楽を聴いて、気に入らないとでて行ってしまう。ライヴハウスはたくさんあるので、もっと自分好みのバンドがでている店を探しに行くのだ。そんなにしてまで音楽を聴きながらお酒をのみたいというのは、逸佳には理解できない心理だが、それがこの街の人たちの、昔からの伝統的娯楽なのだとフレッドが言っていた。

もっとも、お金をたくさん使ってくれるのは観光客たちなので、地元客も彼らには何となく遠慮をしていて、満席だと場所を譲ったり、何も言わずにひっそり帰ったりする。

ミュージシャンもチップ目当てに観光客を喜ばせようとするので、この店では旅行者たちの方が我もの顔で過す。今夜もそうだ。

「あなたたちはどこから?」

ステージトークでヴォーカリストが各テーブルに尋ねると、デンヴァーとこたえた客が一組、サウスダコタが一組、カナダが一組いた。

「あなたたちはどこから?」

イシャムがカウンター席のカップルに尋ねる。四十代前半だろうか、この店の客のなかでは若い部類で、男女ともにビジネススーツ姿、どちらも二杯目の赤ワインをのんでいる。

「ロンドン」

男性がこたえた。

「それは遠いところからようこそ」

イシャムの声は温かく響く。音楽が鳴っているのに、張りあげなくてもちゃんと聞こえる不思議な声だ。

サウスダコタのテーブルの男性が、逸佳の視線をとらえて呼び、

「おかわりを」

と言った。この男性がのんでいたのはウイスキーのロックだが、ワイルドターキーだ

ったろうか、それともメイカーズマーク？

「こっちにテキーラを全員分」

デンヴァー組の一人が言う。

「それから、それとべつに私にブラディ・メリーを」

「いま行きます」

逸佳は応じ、最初の男性に、

「ワイルドターキーのロックでしたよね？」

と確認した。おなじテーブルの、他の二人のグラスもあいている。

「何かお持ちしますか？」

尋ねると、一人はミラービール、もう一人はジン・アンド・トニックという返事だった。デンヴァー組は待たせて、先にいまの注文を通す。頭のなかで合計額を計算する。デンヴァー組の席に行ってさっきの注文をもう一度聞き、戻るとカナダ組のテーブルの人数が一気に増えていた。ハイ、ガイズ、と言いに行かなくてはならないが、そこで注文を聞いてしまったら、サウスダコタ組の金額を忘れてしまうに違いなかった。逸佳にとって厄介なのは、注文を憶えることではなく金額を計算することの方なのだ。

「ハイ、ガイズ。いま戻ってくるからちょっと待っててね」

逸佳はまずそう言いに行き、泡立つビールと透明なジン・アンド・トニック、それにワイルドターキーのロックを運んだ。カナダ組の注文をとり、デンヴァー組に六杯のテキーラと一杯のブラディ・メリーを届ける。カナダ組のバーボン・ソーダ（銘柄はジャックダニエル）とラム・ソーダ、白ワイン二つとコロナビールを運び終ると、サウスダコタ組のグラスはもうあいているのだった。逸佳はまたビールを運び、ウイスキーを運ぶ。金額を計算し、おつりを渡す。あっちにも、こっちにも。

「次の曲は何だろう。誰かリクエストは？」

「ディープ・パープルを！」

客の一人が叫び、あちこちから賛同の声があがる。そして、毎晩一度は必ず演奏される（ので、逸佳も憶えてしまった）、派手なギターで始まる曲が流れる。歓声があがると同時にカナダ組の客の誰かが、白ワインのグラスをテーブルから落として割った。逸佳はタオルをつかんで駆け寄る。まず客の服、次にテーブル。いったん奥に戻り、壁に立てかけてあるモップとちりとりを手にとる。

昼間に歩いたことはあるけれど、夜にブロードウェイを歩くのははじめてだった。ネオン、ネオン、ネオン。ピンク、黄色、緑、青。この道は、見える限り端から端まで、両側とも色と光に溢れている。それに、人——。右に左に、よけながら歩かないとぶつかってしまいそうだ。昼間、この人たちはみんなどこにいたのだろうと礼那は思う。昼の街は静かで、むしろ侘しげなのに。

　歩いている人よりも、数人ずつ固まって、立ちどまっている人の方が多い。喋っていたり、タバコを吸っていたり。〝ホイール〟〝クロス・ロード〟〝ツーチーズ・オーキッド・ラウンジ〟、礼那はライヴハウスの看板を一つずつ読みながら進んだ。いつかちゃんにはああ言ったけれど、ずっとアパートで待っているのも退屈だったので、ちょっとだけ見学に来たのだ。働いているいつかちゃんの顔を見たら、すぐに帰るつもりだ。

　どのライヴハウスからも、大音量の音楽が道にはみだして聞こえている。ドアがあけ放たれているからで、どのドアの前にも男の人が数人、立っていたり椅子に坐っていたりする。呼び込みとか用心棒とかなのだろう。みんな、わかりやすくワルっぽい見かけだ。モヒカンとか革ジャンとかチェーンとか、首すじや手の甲にのぞくタトゥーとか、眉や鼻や唇についたピアスとか。

　吐く息が白い。たくさん防寒してきたので、肌が露出しているのは顔だけだけれど、その顔の肌はつめたいというよりも痛い。テレビの天気予報では、今夜遅くから雪が降ると言っていた。〝ライプ・オレンジ〟〝ブーツ〟〝レオナルズ〟、ここには一体何軒のライヴハウスがあるのだろう。まだ雪は降っていないけれど、路面には凍結防止剤がまかれていて、その白いつぶつぶは、まるでもう雪が薄く積もっているかのように見えた。

　そしてついに、礼那は〝サード・フィドル〟を発見する。小さな間口、ガラス張り。

ガラスの内側がすぐステージで、四人組が演奏しているのが見える。店の奥までは見えないが、音楽と一緒に道にはみだしてくる歓声や笑い声からすると、賑わっているようだ。礼那はガラスに両手をついて顔を近づけ、なんとか奥を見ようとした。そこにいるはずのいつかちゃんを。ステージのライトがあかるすぎて、暗い店内は全然見えない。ガラスには、大きな文字で、ウェルカム、と書いてある。ゴキゲンなライヴ音楽と最上等の酒、とも。礼那は音楽にもお酒にも興味がないが、すくなくとも、なかは暖かいに違いなかった。

「ヘイ」

野太い声が聞こえ、見ると、顔も身体も四角ばった男の人が、ドアの前に置いたスツールに坐ったまま、礼那の方に身をのりだしていた。

「窓から離れて」

親指を外側に動かして言う。白人。三十歳くらい。髪はクルーカットで、ウールのコートにジーンズとカウボーイブーツ、衿巻、という普通の恰好だけれど、両手とも悪趣味な指輪だらけだ。

「なぜ?」

尋ねたが返事はなく、

「ともかくどこかへ行け」

と、めんどくさそうに言われた。

「ちょっとだけなかに入ってもいい？」

礼那は男性に近づいて訊いた。

「ノー」

男性はにべもない。

「お願い。三分ででてくるから」

今度も返事をもらえなかった。そのあいだにも、老人が三人、店内に入って行った。

スツールに坐った男性にＩＤを見せ、手にスタンプを押してもらって。

「じゃあ、ちょっとだけＩＴを呼んでもらえない？」

礼那が言うと、男性ははじめて礼那の顔をまともに見て、

「きみは彼女の……？」

と、中途半端な疑問文で訊く。

「従妹よ」

礼那ははっきりとこたえた。

「忙しい夜ね。あなたも一杯のんだら？」

白ワインの残骸を片づけ、カウンターのそばに戻ると、常連の老女が言った。

「ありがとうございます」

逸佳はこたえる。酒を奢るという申し出は、できるだけ受けるように言われていた。受ければ、イシャムがラム抜きのラムコークを作ってくれる。あるいはウォッカ抜きのウォッカ・ソーダを。代金は、もちろんアルコール入りの場合の額だ。

今夜はウォッカ・ソーダの方だった。お酒らしく見えるようにライムがしぼられ、ちゃんとステアされている。でもその特製ののみものに口をつけるかつけないかのうちに、新しい客がまた三人入ってくる。おじいさん二人とおばあさん一人だ。ハイ、ガイズ、と言いに行こうとしたとき、

「ＩＴ！」

と、入口からブライアンに呼ばれた。ブライアンはこの店の門番で、ほんとうかどうかは知らないが、柔道の有段者なのだそうだ。立ったまま身体を揺らして酒をのんでいる客をかき分け、入口にたどりつくと、礼那がいた。

「きみの従妹だ」

言われなくてもわかっていることを、ブライアンが教えてくれる。ネオンに照らされた道の上で、礼那はひどく小さく見えた。

「なにしてるの？」

まの抜けた質問だった。

「どうしてこんなところにいるの？」

それでも他に何と言っていいかわからず、逸佳は言葉を重ねた。

「あぶないでしょう、こんな時間に」

「ちょっと見にきただけだよ」

礼那は小さな声でこたえ、

「寒いね」

と言って、ムートンブーツをはいた足で、舗道をこするような動作をする。

「凍結防止剤って雪みたいじゃない？　白くて。踏むとじゃりじゃりするよ」

「ていうか、アパートにいてくれなくちゃだめじゃん」

力ない声がでたのは、なんとなく悲しくなってしまったからだ。一人でアパートにいるのは、大勢の人のなかで働くより心細いだろう。礼那がここまで、自分に会うために一人で歩いてきたのだと思うと、いますぐに、一緒に帰りたくなった。

「なかに入れてあげられたらいいんだけど」

逸佳が言うと、

「いいの」

と礼那はこたえた。

「子供は入れてもらえないって、最初からわかってたから」

と。

「ピートのところにいる？」

尋ねると、礼那はうなずいた。腕時計を見ると九時五十分だった。

「あと一時間ちょっとだから。そうしたら、すぐに行くから」

逸佳は言った。店のなかで客が待っていることはわかっていたが、礼那のうしろ姿——深緑色のニット帽、肩から斜めがけにしたいつもの布の袋——が人混みに紛れて見えなくなるまで、その場を動くことができなかった。


朝、礼那はたいてい九時ごろに目がさめる。いつかちゃんはもう起きていて、そばにはトルソーがある（いい加減慣れてもいいはずなのに、礼那は慣れない。いつもちょっとびくっとする。すぐに、トルソーだったと思いだすけれども）。でも、今朝は違った。自分で目をさますより早く、いつかちゃんに起こされたからだ。

「れーな、起きて。雪だよ。すごいよ、真白」

と言って。

雪と聞くと、礼那は昔からすぐにとび起きてしまう。早く見ないと、雪が減ったり汚れたりしてしまいそうで。それに、部屋のなかの、いつもとは違うあかるさや寒さや静けさをすぐに自分で確かめたくて。

このアパートの暖房は強力なので、寒さは全然感じなかった。でも、あかるさと静けさは圧倒的で、いつかちゃんの言葉がほんとうだと、すぐにわかった。とび起きて、窓に駆け寄る。

「！」

言葉もない降りぶりだった。何もかも真白。さらにじゃんじゃん、大量に降っている。音もなく、きりもなく。ガラスに隔てられていても、いまにも目や口に入りそうな気がする。

「天気予報、あたるんだね」

隣に立ったいつかちゃんが言った。

「でも、一晩でこんなに降り積もるもの？」

「降り積もっている」

礼那はこたえ、外気をすい込みたくて窓をあける。〝寒い！〟と〝気持ちいい！〟がいっぺんに来て、でも、空気そのものが氷のつぶを含んで顔にぶつかり、一瞬息ができなくなったので慌てて窓を閉めた。

「びっくりしたー」

礼那は言い、身体のなかから笑いがこみあげてくすくす笑う。

「びっくりしたー」

いつかちゃんも言い、窓から一歩、身を引いた。

「いい？　もう一回あけるよ」

覚悟をしていたからか、今度は息ができなくならなかった。ただ気持ちがいい。ただ見とれる。

「静かだねえ」

道に人の姿はなく、路上駐車された車の上にもよその家のベランダにも庭にも塀にもぶ厚く雪が積もっている。

「朝ごはんをたべたら散歩に行こう」

いつかちゃんが言った。

卵料理とトーストと紅茶をおなかに入れて、外にでた。あたりはしーんとしている。

「なんで誰もいないの？」

礼那は不思議に思う。

「雪かきしてる人も、遊んでる子供もいないよ」

「寒いから、みんな家に閉じ込もってるんじゃないかな。まだ朝早いし。きょうは学校も休校だろうって、ゆうべイシャムが言ってた」

いつかちゃんが言った。傘を持たずにでたので、二人とも、たちまち髪（礼那は帽子）と腕が雪まみれだ。ざふざふと、雪を踏んで歩く。降りしきる雪の向うに、一つだけの目玉みたいにぶらさがっている、箱型信号の緑がきれいだ。

「このへんの人は、雪が降ると店も閉めちゃうんだって。イシャムが言ってた。でも〝サード・フィドル〟は絶対に閉めないって。よその店が閉めてるときは、観光客にとっての選択肢が減るから稼ぎどきだっていうのがフレッドの考えなんだって」

「ふうん。がめついね」

礼那は感想を述べる。喋ると、つめたい空気が口と鼻のまわりに集中してぶつかってくるように感じた。

「川まで行ってみる？」

いつかちゃんが訊く。行ってみたかったが、そんなに歩けるかどうかわからなかった。雪が降りすぎていて前がよく見えないし、一歩ごとに足を雪から引き抜かなくてはならないので腿（もも）が疲れる。それに、息をすうだけで身体が凍っていくみたいに思えた。

「無理かも」

あまりにも誰もいないことが、ちょっとこわくもあった。まるで、街に自分たち二人しかいないみたいだ。

「だね」

いつかちゃんも同意し、

「じゃあ、戻るか」

と言った。いいのは車が一台も走っていないことで、どの交差点も、信号の色に関係なく渡り放題なことだった。

アパートに戻ると、お風呂に入り（お風呂のなかで礼那が鼻歌を歌うと、いつかちゃんが教えてほしいと言ったので、教えてあげた。アメリカの小学校で習った、〝赤いりんごと郵便屋さん〟という歌だ）、身体を温めた。ヘイリーのバスルームはいかにもヘイリーらしく、ケーキの形のスポンジがあったり、バスタブの栓がアヒルの形だったりし、使いかけのシャンプーが三種類もあるのにトリートメント剤は一つもない（ので、ここに来てすぐに礼那たちが買った）。

お風呂からでると全身がぽかぽかになり、二人ともおなじいい匂いになったけれど、髪をドライヤーで乾かしてすぐ、いつかちゃんは仕事に行った。もし〝ポケッツ〟が雪で臨時休業なら、すぐに帰ってくるからね、と言って。

テレビは大雪のニュースばかりだ。東部から中西部まで、雪、雪、雪らしい。胸の大きい（そしてそれを強調するような服を着た）女性と、ぱりっとした背広姿の男性（どの局もその組合せだ）が、外出は控えるようにと警告している。毎日のことだけれど、いつかちゃんがでかけて一人になると、部屋のなかが途端にがらんとする。テレビの音は、そのがらんとした感じを埋めてくれるのではなくて、むしろ際立たせる。こんな静かな、雪の朝はとくに。

礼那は二人分の洗濯物を持ってランドリーに降りる。地下は暖房がないので、ダウンを着て行った。途中で、東欧系に見える男性とすれ違った。

「ハイ」

と無表情に挨拶され、

「ハイ」

と礼那も挨拶を返す。

三台ある洗濯機は三台ともあいていた。でも乾燥機は一台が稼動中で、残りの二台には衣類が入れっぱなしになっている。こういう場合、勝手にだすわけにはいかないし、でも、もし礼那の洗濯が終った時点でまだ乾燥機がふさがっていたら、洗った衣類を濡れたまま放置する羽目になってしまう。逡巡していると、稼動中の乾燥機がへんな音を立てていることに気づいた。モーター音とはあきらかに違う、がたんごとんという音だ。近づいてのぞくと、丸い窓ごしに大きなスニーカーが一足回っているのが見えた。

結局、洗濯はあきらめて部屋に戻る。薄暗い階段をのぼって行くと、部屋のドアの前に人影が見えた。一瞬、いつかちゃんが帰ってきたのかと思ったが、そうではなかった。

「ヘイリー！」

礼那は叫んで駆け寄った。黒いコート、黒いジーンズ、黒いリュックサック、赤いスニーカー、ただし、なにもかも雪にまみれている。

「たすかった！」

ヘイリーはうなり声みたいなものをだす。

「ジョアンナんちに鍵を忘れてきちゃったの。凍えるかと思った。ちっとも車がいなくて、クリーヴランドから二十時間もかかった。のろのろ運転で。最後は歩いてきたの、一時間もよ」

ヘイリーの顔は雪とおなじくらい白く、目のまわりの濃い化粧が濡れて滲んでいた。はじめて会ったときもこんなふうだった、と礼那は思いだす。あのときは雪ではなく雨だったけれども。

「地下に降りてたの。そういうときでも念のために鍵をかけるようにしてるから」

説明しながら、礼那は急いで鍵をあける。

「イッカの留守電に、これから帰るって入れておいたのに、聞いてなかったの？」

ヘイリーは不服そうな声で言ったけれど、部屋に入るや否や笑顔になり、

「我家だあ」

と、うれしそうな声をだした。

「ヘイリー、ヘイリー、ヘイリー」

礼那は名前を連呼した。ヘイリーに会えて、自分がこんなにうれしくなつかしく、心強く思うとは想像していなかった。

出勤して着替えたら、最初に掃除をすることになっているのだが、すべてを自分たちでしなくてはいけない〝サード・フィドル〟とは違って、〝ポケッツ〟には専門の業者が入っている。時間決めで複数の店舗をまわり、トイレやフロアを掃除して、ゴミをまとめてくれる人たちだ。だから毎朝逸佳たちがするのはテーブルと椅子を拭くことと、店の前の道を掃くこと（今朝の場合は雪かき）、それに、ガラスが汚れていれば拭くことくらいで、人数が多いので、あっというまに終ってしまう。学校に通っていたころの、掃除の時間みたいだと逸佳は思う。フロア・マネージャーのミニー（彼女だけは、ユニフォームがポロシャツではなく黒のパンツスーツだ）が、心配性の教師みたいに歩き回って監督しているところまでおなじだ（でも、あのころのように、掃除をさぼる人はいない。みんな、仕事だから決められたことをてきぱきとこなす、率先して）。

学校に通っていたころ、逸佳はこういう共同作業が苦手だった。どこまで自分がしていいのか、どこから人に任せていいのかわからなかった。協力する、というのが具体的にどうすることなのかわからず、一人でする方が早いと思っていた（し、実際に、たいていのことは一人でした）。

ここでは、物事がずっと容易い。逸佳に、一人でするだけの能力がないからだ。「私は何をしたらいいですか？」一緒に働くメンバーが毎日違うので、毎回そう訊かなくてはならない。誰かの〝いつもの仕事〟をうっかり奪うわけにはいかないからで、そうすると、「私はこっちから拭くから、あなたはそっちから拭いて」とか、「床がきれいかどうかチェックして」とか、「ミニーに訊いて」とか言ってもらえる（今朝は「デイヴたちを手伝って」で、デイヴたちがしているのは雪かきだった）。ときには「何も」とか、「英語を勉強しなさい」とか言われてしまうのだが、それが自分の実力だから仕方がない、とわかっていた。言葉にされないよりされた方がずっといいと、逸佳は思う。陰口も、陰ではたたかれているに違いないにしても。

掃除が済むと、短いミーティングがあり、店があく。逸佳は、きょうは厄介な質問をされませんようにと願い、あまり早口の客が来ませんようにとも願う。大きなガラス窓の外は、雪景色だ。

「街じゅうの人と知り合いなの？」

〝死にそうに空腹〟だというヘイリーといっしょに、アパートのそばのレストランに入り、テーブルにつくと礼那は訊いた。

「まさか」

ヘイリーは否定したけれど、ここまで歩くあいだにすれ違ったおじいさんも、席に案内してくれた中年のウェイトレスも、ヘイリーを見るとぱっと顔を輝かせ、いつ帰ってきたのかと訊いた。

「ここ、いい感じのお店だね」

周囲を見まわしながら礼那は言った。まだたべていないので味はわからないけれど、トマトソースやハーブやにんにくの、いい匂いがしている。

「名前の通り、すごーく古い店よ」

ヘイリーは言い（二人はいま、〝オールド・スパゲティ・ファクトリー〟という店にいるのだ）、フロアの中央にどかんと据えられた赤い電車を指さして、

「あれ、本物の車両なのよ。ここは昔、駅だったの」

と説明した。三種類あるランチ・パスタ（スープ、もしくはサラダつき）のなかから、ヘイリーはアーリオ・オーリオを、礼那はアマトリチャーナを選ぶ。

ミセスパターソンは無事に退院し、毎日来てくれる介護士さんが見つかって、二人は気が合わないけれどいいコンビに見えるのだとヘイリーは言った。その介護士さんは陽気なメキシコ人女性で、ミセスパターソンの皮肉にもたじろがないばかりか、スペイン語でお説教までするらしい。でも、ジョアンナにはスペイン語はわからないの、と言って、ヘイリーは笑った。グルマンも元気だと聞いて、礼那は安心した。ミセスパターソンのアパートで、毎朝礼那の顔を舐めて起こしに来たグルマン――。

「イツカちゃんはね、二つの仕事を両方がんばってるよ」

礼那は報告する。

「すっかり〝お金貯めモード〟になってるの」

スパゲティは素朴な、家庭料理っぽい味がした。できたてだというだけでも、〝ポケッツ〟からの持ち帰り料理に飽きていた礼那には、すてきにおいしく思える。

「チャドにはもう会ったの？」

尋ねると、

「まだ。でも、さっきメールがきて、あとでここに来るって」

とヘイリーはこたえ、いつかちゃんが電話にでなかったことに、また文句を言った。

「録音メッセージも聞いてくれてないなんて、あり得ないでしょう、普通」

「ごめんね」

礼那は謝り、自分もいつかちゃんも、緊急時以外は携帯電話の電源を切っておくことにしているのだと説明した。

「GPSがついてたら、パパやママに居場所がわかっちゃうから」

と。

「ついてるの？　GPS」

「それはわからないけど」

ヘイリーは眉を上げる。それからゆっくり笑顔になって、

「大変だね。家出のしにくい時代で」

と言う。

「家出じゃないよ」

礼那は言葉に力を込める。

「これは旅なの」

そう言ったとき、チャドが見えた。お店の人の案内も待たず、急ぎ足でまっすぐこちらに近づいてくる。衿の毛皮に雪がついているので、一層ロシアの兵隊っぽく見える。ヘイリーが飛び跳ねるように立ちあがり、

「チャディ！」

と叫んでチャドの首に腕を回した。二人の、ながくながく続くキスを、礼那はあっけにとられながら見つめる。映画やテレビでしか見たことがないような、それは熱烈なキスだった。

逸佳が、ヘイリーからの複数回の着信と録音メッセージに気づいたのは携帯電話の電源を入れたからで、電源を入れたのは、クリスに電話をしようと思ったからだ。こっちは雪だよ、と、この前の電話でクリスは言っていた。初雪が降ると、自分は毎年小さい少年のように喜んでしまうのだと言い、ニューハンプシャーの山に雪が降るとどんなふ

うか、たぶんきみたちには想像ができないと思う、とも言った。クリスの喋り方はゆっくりで、感情を込めない平板な口調なのだが、どれも嘘のない、心からの言葉に感じられた。会っているときもそうだったことを逸佳は憶えている。クリスといるとき、自分に英語力が足りないことを、逸佳はすっかり忘れてしまえた。あれは、いま考えても奇妙なことだった。

〝ポケッツ〟の裏庭に立ち、逸佳は録音されたヘイリーの声に耳を傾ける。裏庭は従業員たちの喫煙場所だが、いまは他に誰もいない。二度くり返し聞いてわかったのだが、最初のメッセージで、ヘイリーは今夜帰ると言っていた。たぶん八時か九時には着くと思う、と。二つ目のメッセージでは、雪のせいで到着が遅れている、何時に着くかわからないけれど、着いたら電話をする、と言っていた。さらにもう一件録音されていて、ひとことずつ語気強く区切って発音されたそのメッセージは、「いま着いた。あなたたちはどこにいるの？　電話して」だった。

バンド仲間と仕事の打合せがあるという二人とレストランの前で別れると、礼那はまた一人になった。雪は一片ずつがかなり小さくなり、降り方も弱まったけれどまだ降っていた。鈍色の空だ。

アパートに戻ることも考えたが、思い立ってきのうの場所に行ってみると、ずっと手前からでもそれが見えた。雪の斜面に、子供たちがたくさん散らばっているのが。

「ヘイ！　レーナ！」

近づくと、目ざとく礼那を見分けたハンナが低い声で叫び、腕を大きく振って、早く来いという仕種をする。

「レエナアア！　レエナアア！」

カイルが、叫んだというよりも吠えた。いま行く、と礼那が叫び返しても、吠えるのをやめない。レエナアア！　レエナアア！　レエナアア！　礼那にではなく雪に興奮しているのだろう、斜面の途中に両足をひらいて立ち、空に向って声を張りあげている。

「カイル、うるさい」

アマンダが耳をふさぐ。けれどカイルが黙っても、そこらじゅう騒々しいことに変りはなかった。みんな、滑りながら悲鳴だか歓声だかわからない、かん高い声をあげているからだ。

礼那は、きょうはそりではなく段ボールを借りて滑った。もう随分遊んだらしく、段ボールは水を吸ってしなしなになっていたが、そりよりもスピードがでる。

「Yippee!」

気がつけば礼那も叫び声をあげ、ついで笑いを弾けさせる。

きょうはきのうよりも子供の人数が多く、トタン板に乗っている子もいた。つぶしていない、箱のままの段ボールに入っている子も。

「きょうはこのあと、うちに遊びに来る?」

下から上に、ならんで斜面をのぼりながら、ハンナに訊かれた。

「あなたのうちにはおっかない人がいるから」

うんざりしたような口調だ。

「彼女はおっかない人じゃないよ。イツカっていう名前で、私の従姉なの」

礼那は言った。

「きのうはただ、みんなのママが心配してるかもしれないって言っただけ」

ハンナはおもしろくもなさそうに、

「かもね」

とこたえる。

「アマンダのところとかはそうかもしれない」

と。

「あなたのところは違うの?」

尋ねると、

「うちにはママもパパもいないの。ていうか、パパはいるけど、滅多に帰ってこないから。いるのはおじいちゃんとおばあちゃんだけ」

と言われた。そういう家庭もあることは、礼那も知っている。離婚とか、離婚よりもおそろしい死別とか――。

「でも、じゃあ、おじいちゃんとおばあちゃんが心配するでしょう？」

礼那が言うと、ハンナは肩をすくめ、

「かもね」

と、またつまらなそうにこたえた。

潤が呆れたことに、会社から戻ると、居間にクリスマスツリーが飾ってあった。金属の台に立てられた本物の樅の木、ぶらさがっているきらきらする玉、ガラスでできた天使だのトナカイだの。

「いつ買いに行った？」

樅の木は、これまで毎年潤が買ってきていた。マンハッタンにたくさんならぶ露店で、枝ぶりのいいものを選んで。

「きょうよ」

ソファで本――どうせまた聖書だ――を読んでいたらしい理生那がこたえる。

「待ってても、あなたは買ってきてくれないみたいだったから」

「買うつもりがなかったからね」

潤は言い、テレビをつけた。

「そんなものを今年も飾るつもりだとは思わなかったよ」

「このツリー、譲が選んだのよ。葉の茂りぐあいが他のよりもよかったんですって」

ツリーの飾りつけは、毎年礼那がはりきってしていた。去年は、クッキーだけで木を飾ることを思いつき、夥しい数のそれを自分で焼いた。木の下に、キリストの厩を人形で再現しようとしたこともあった（おおかた理生那の入れ知恵だろうと、そのときの潤は思ったのだったが）。娘が行方不明だというのに、〝たのしいわが家〟を演出しようとする妻の気が知れない。

「ウォーム・コージー・クリスマスか？」

それで、つい皮肉が口をついてでた。

「喪に服せとでも？」

理生那が言った。ぞっとして、潤は妻の顔を見る。

「いま何て言った？」

「喪に服せとでも？」

平然とくり返し、

「あなたは忘れているみたいだけど、あの子たちはちゃんと帰ってくるのよ」

と言う。

「へえ。いつ」

こたえが返らないことを知りながら訊いた。

「よく平気でそんなことが言えるな」

吐き捨てて二階にあがる。二つならんだ子供たちの部屋を通りすぎ、夫婦の寝室で着替えた。洗面所で手と顔を洗う。ひさしぶりに早く帰ってきたのは失敗だったと潤は思う。クリスマスツリー？　理生那には良識というものがないのだろうか。懸念も？　母親として（あるいは叔母として）の自責の念も？　それどころか、娘がいなくなって以来、潤にとりついて離れないさまざまな感情――怒り、恐怖、疑問、苛立ち――も、理生那にはおよそ欠落しているように見える（そうだとすると、潤には自分の妻が恐ろしい。一体いつから、理生那はあんなふうに無感情に、冷血になってしまったのだ？　それとも最初からそうだったのだろうか、自分に見抜けなかっただけで？）。

「おかえりなさい」

うしろから譲に声をかけられた。

「ごはんだって」

すぐ行く、と潤はこたえ、やはり外で食事を済ませてから帰ればよかったと思う。三人で囲む食卓は、礼那の不在を確かめるための儀式のようにしか感じられない。

なぜこんなことになった？

疑問がまた頭をもたげる。とりついて離れないもののなかでも、とりわけ潤を苦しめるのがこたえのわからない幾つもの疑問で——なぜこんなことになった？　どうすればいい？　あの子たちはどういうつもりなんだ？　いまどこにいる？　いつまでこんな状態が続く？　こんな目に遭うなんて、俺が一体何をしたというんだ？——、潤には、妻がなぜそういう疑問を持たずにいられるのかわからなかった。

食事のあいだ、潤はむっつりと黙り込んでいた。それで、宿題が多いと譲がいつもぼやいている歴史の授業の進み具合や、最近の風潮であるらしい〝二段階式のクリスマスプレゼント〟（早目にもらう一つ目は靴や衣類といった実用的なものでもいいが、本番用——real oneと、そこだけ譲は英語で言った——はゲームや楽器、玩具といった、子供の喜ぶものでなくてはならない、というのが譲のした説明だった）にはそれぞれ何が欲しいか、といったあれこれを理生那は尋ね、息子の返事にも寸評を加えて、なんとか会話を成立させた。が、それがまた潤を苛立たせるらしく、潤の眉間には深く皺が刻まれてしまう。あんなにくっきり皺を寄せられるなんて、まるで皮膚が余っているみたいだと理生那は思う。厚くてやわらかく、温度の高い潤の皮膚。寄せられた眉の下の目は不機嫌そうだが、同時に力強く、理生那を責めていることがわかる。

「デザートは居間に運ぶわね」

理生那は立ちあがり、冷蔵庫から苺をだして洗う。

「クリームを泡立てるの、手伝ってくれる？」

譲に言った。

潤が何と言おうと、元気なはずの娘たちの喪に服するつもりは理生那にはない。金の子牛に祈りを捧げてしまうつもりも。

「ごちそうさま。俺はもう満腹だから、デザートは二人でたべるといい」

潤は言い、食堂をでて行った。


ウイスキー、ウォッカ、ジン、ラム、テキーラ、薬草リキュール、カンパリ。棚にならんだ酒壜と、その手前に立っているイシャム、手元だけを照らす照明、ボウルに入った氷のかたまり。ミュージシャンも客も日々変るけれど、カウンターのなかはいつも変らない。どこに行くのか、一晩に何度も店を出たり入ったりし、客を連れてきたり追い返したり忙しそうなフレッドも、電気ヒーターを足元に置き、一晩じゅうドアの外のスツールに坐っているブライアンも、カウンターの外、奥の壁際を定位置にしている逸佳自身も。

客が熱狂しても店の人間は熱狂しない。客が喧嘩をしても、酔いつぶれて寝てしまっても、トイレからでてこなくなっても、店の人間は慌てず騒がず、淡々と対処するだけだ。腕や背中になれなれしく触られても、「私たちが若かったころは」とか「フロリダでは」とか「うちの娘は」とか、奇妙に親密な口調で話しかけられても。

逸佳は酒を運び、代金を受け取る。おつりを返し、とっておけと言われたらお礼を言ってポケットに入れる。話しかけられれば返事をし、笑顔をつくる。遅いとか酒が薄いとか、文句を言われたら謝り、また笑顔をつくって、次はうんと濃くしますとこたえたりするが、イシャムに伝えても彼は気にしない。だから濃度はたぶんおなじだ。

演奏を終えたミュージシャンは、しばらくカウンターでだらだら喋ったりのんだりしていることもあるし、夜逃げみたいに自分の楽器を急いでまとめ、次の仕事先に向うこともある。

逸佳はフロアを行ったり来たりし、一時間ごとにトイレをチェックするが、そのあとはまた奥の壁際に立つ。店全体が見渡せる位置に。

客が文句を怒鳴ったり、ミュージックチップを入れるバケツにつばを吐いたりした場合はブライアンの出番だ。彼は礼儀正しく「サー」とか「マダム」とか呼びかけて、でも有無を言わせない強さで客の腕をとり、店の外に追いだす。逸佳はモップや雑巾を持ち、その客の働いた狼藉（ろうぜき）の後始末をする。でも、そのあとはたいていステージ上の誰かが場を和ませるようなことを何か言い、客の何人かが気を遣って笑い、音楽が始まって、逸佳はまた壁際に立つ。

チュロ、スイートクリーム、ピスタチオ＆ハニー。ガラスケースの前に立ち、いつものように礼那は迷う。ミルキエストチョコレート、トローネ、レモンバターミルクフローズンヨーグルト。どれもこれもおいしそうだ。ここのアイスクリームは高い（シングルで七ドル、ダブルだと八・五ドルもする）のだけれど、母親なら「身体にいい味」と言いそうな、素材そのものの味がする。それに、スモールという注文の仕方があって、それだと五ドルで済むことを、礼那はもう知っている。丘をはさんでアパートの反対側にある、ファーマーズ・マーケットと呼ばれるこの屋内市場のフードコートに、礼那が来るのはこれで三度目だ。一度目は丘で出会った子供たちみんなと、二度目はその翌日、雪の日にハンナと二人で来た。ハンナのお父さんがジャマイカ人で、お母さんがアメリカ人だということや、両親が離婚する前の一家がフィラデルフィアに住んでいたこと、弟がいて、ハンナは弟が大好きだったのに、いま彼はお母さんと住んでいて、だから滅多に会えなくなってしまったこと、なんかをみんな、そのときに聞いた。ひとけのないがらんとした空間に、テーブルと椅子だけがたくさんならんでいるこのフードコートで、アイスクリームをたべながら。クリスマスプレゼントに何が欲しいかとお父さんに訊かれたとき、ハンナは迷わず弟に会いたいとこたえたけれど、お父さんの返事は、「カモン、ベイビー、そんなこと言うなよ」だったのだそうだ。それを聞いたとき、礼那はびっくりしてしまった。カモン、ベイビー、そんなこと言うなよ？　礼那の知る限り、お父さんというものは、そんな喋り方をしないものだからだ。

「試食、したい？」

五ドル札を握りしめ、ガラスケースの中身をじっと見ていたからだろう、店員さんに訊かれた。

「ノー」

試食はしたかったけれど、そう言ってもらいたくて立っていたのだと思われたくなくて、礼那はこたえ、ワイルドベリーラヴェンダーという、前から気になっていたものを選んでスモールで注文した。

「それはいいやつ。私のお気に入り」

店員さんは言い、でも、それは礼那に言ったというよりひとりごとみたいで、聞きとれるかとれないかくらいの、小さな呟きだった。たぶん学生アルバイトなのだろう、白人の小柄な女の人で、小さな顔に大きすぎるような眼鏡をかけているところは、映画のハリー・ポッターに似ていた。

「ワイルドベリーとラヴェンダーなのに、奇妙としか言えない」

ケースをあけ、きれいな薄紫色のアイスクリームをカップに盛ってくれながら、まだ何かぶつぶつ言っている。

フードコートには、他にスープの屋台とピザの屋台がでているが、客は一人もいない。隅にならんだ大型ゴミ容器が、なんとなく侘しかった。田舎町にいるのだと礼那は思う。お金を払い、アイスクリームを受けとった。たくさんある無人のテーブルの、どれに坐ろうかと目を走らせながら、プラスティックのスプーンでアイスクリームをひとすくいしてたべた。ラヴェンダーの風味が広がり、そのあとで、はっきりとオレンジの味がした。オレンジの味？

ふり向くと、店員さんは礼那の様子を見守っていて、〝でしょ〟という顔をする。

「でも、どうして？」

礼那はつい尋ねた。ガラスケースには、それぞれのアイスクリームの原材料を明記した紙が貼ってあるのだが、改めてよく読んでも、オレンジ（もしくはそういう味を生みそうなもの）は入っていない。

「どうしてかはわからない。でも、そうなの。ワイルドベリーとラヴェンダーを合せると、オレンジの味になる」

店員さんは真面目な顔で言う。そう言われても、礼那は釈然としなかった。もう一口たべてみる。さっきよりもさらにはっきりオレンジの味がした。

「引越してきたばかり？」

店員さんが訊く。

「いままで、ここで見かけた憶えがないけど」

旅行者なのだと礼那はこたえ、でも、ここに来たのは三度目だとつけたした。

「三度目？　じゃあきっと、あとの二度は先週だったのね。ここに来る子供たちの顔はたいてい憶えてるんだけど、先週私は休みをとってたから。ステフのせいだわ。いーっつもステフなんだから」

ぼそぼそした小声で無表情に喋るので、どこまでが礼那への言葉で、どこからひとりごとなのかわからなかった。ステフというのが誰のことかも。礼那はアイスクリームをまたもう一口たべた。なぜオレンジ味なのかは謎のままだが、味はわるくない。

「どこから来たの？」

尋ねられ、日本、とこたえると、店員さんの表情が固まった。それから突然興奮する。

「ウソ。ウソでしょう？　あなた日本人なの？　本物の日本人？」

さっきまでの無表情が嘘のような大きい笑顔を見せ、

「ゴブサタシテオリマシタ。ハミチンノゴエン、ワスレテハオリマセン」

と、いきなり日本語で言った。

逸佳が〝ポケッツ〟での仕事を終え、アパートに戻ると、

「きょうね、きょうね、おもしろい人に会ったんだよ」

と礼那が言った。

「名前はアンっていうの。リプスコム大学の学生で、日本の漫画が大好きなんだって」

居間は、すこしずつだが着実に、以前の乱雑さをとり戻している。壁際に、新しい毛布（ヘイリーが帰ってきたいま、逸佳と礼那は居間で寝ている）を一枚たたんで置いてあるのだが、その上に、コーラのペットボトル（ふたは閉まっているが、中身が半分入っている）と、口のあいたポテトチップスの袋が転がっていて、どうやらヘイリーは、二人の寝具をソファ代わりにしたようだった。毛布の上には枕も二つ置いてあるのに。床には吸殻でいっぱいの灰皿と、ひらいて伏せた形の女性雑誌が放置されている。居候の身なのだから文句を言える立場ではないとわかっていたが、それでもうんざりした。早くここをでたいと思う。

「へんな日本語を喋るの。喋るっていっても漫画のセリフを丸暗記してるだけだから会話にはならないんだけど、でも、結構長いセリフを喋るんだよ。すごいと思わない？」

台所もおなじように乱雑だった。使った食器もフライパンも、流しに運ばれてすらいず、クオーターガロン（約九百五十ミリリットル）の牛乳ボトルがテーブルにだしっぱなしになっている。

「これ、どうして冷蔵庫にしまわなかったの？　牛乳は腐りやすいのに」

「だって、れーなもいま帰ってきたんだもん。台所は見なかった」

逸佳はため息をつく。

「狭いアパートなんだから、そこからだって丸見えでしょう？」

「でも、見なかったんだもん」

礼那は言い張る。

早目の夕食のあいだも、礼那は〝アン〟の話をし続けていた。「アンは十九歳で、これまで一度も日本人に会ったことがなかったんだって」とか、「アンの大学には日本語学科はなくて、でも日本の漫画の研究会はあるんだって」とか。〝ポケッツ〟から持ち帰ったのはシュリンプサンドとフライドポテトで、どちらも脂ぎっていたが、グリーンサラダをたっぷり作って添えたのでいいことにした。

その夜は、〝サード・フィドル〟でちょっとした驚きがあった。〝ポケッツ〟の同僚三人が入ってきたのだ。八時半ごろで、演奏と演奏のはざま、団体客がちょうど二組帰ったところだった。

「ハイ、イツカ。会いに来たわよ」

最初にそう言ったのはティファニーで、挨拶のハグで押しつけられた胸の大きさとやわらかさに、逸佳はつい、ロッカールームでいつも目にしている彼女の下着姿を思いだしてしまった。あとの二人はロバートと、超新人（なにしろ、きょうが初日）のキンバリーで、三人は揃って（そろ）カウンター席に坐った。

「ハイ、ガイズ。ITの友達?」

イシャムがにこやかに声をかける。そうだよとロバートがこたえ、同僚なのとティファニーがつけ足し、きょうが初対面だったキンバリーまでが、イツカは私にいろいろ教えてくれるの、と言うのを聞いた逸佳は落着かない気持ちになった。三人とは昼間にも会っていたが、〝ポケッツ〟の外で会うのははじめてのことだ。当然ながらみんな私服で、それがひどく新鮮に見える。ティファニーはモヘアのセーターに丈の長いフレアスカート(いつもつけている金のピアスとネックレスはそのまま)、キンバリーはひらひらした素材のチュニックにジーンズとカーディガンという恰好で、ロバートもジーンズをはいているが、黒いダウンジャケットを着たままなので、中の服まではわからない。三人とも、地ビールの〝スウィート・ウォーター〟を注文した。

すぐにまた団体客が入り、逸佳はその対応に追われたが、その都度三人のいるカウンターに戻れるのが嬉しかった。〝ポケッツ〟にいるときにはそんなふうに思わないのに、ここで見ると、三人とも(キンバリーですら!)親しくなつかしい人々であるように思えた。

「ここでのイツカの働きぶりはどうですか?」

ロバートが尋ねると、イシャムがエクセレントとこたえた。お世辞にしても実情とかけ離れすぎているので逸佳は困り、

「正直になって」

と言ってみたのだが、イシャムは微笑(ほほえ)んだだけだった。

次に演奏したバンドは〝ホワイト・フロイド〟というふざけた名前ながら実力があるらしく、年配の客たちを熱狂させたが、三人は興味を示さなかった。音楽や、客の歓声や指笛のうるささにもめげず、ずっと話し込んでいる。ティファニーのママとパパと婚約者の話や、キンバリーの通っている歯医者の話、〝ポケッツ〟の誰彼の噂話(うわさ)(ミニーの夫はアルコール中毒らしいとか、デイヴは大学を卒業したら、お父さんのガソリンスタンドを継ぐらしいとか)をときどき小耳にはさみながら、逸佳はあちこちのテーブルに酒を運び、グラスをさげた。おつりを計算して渡し、チップを受けとった。テーブルを拭き、トイレをチェックした。しょっちゅうロバートと目が合うことには居心地の悪さを感じたが、三人がいるおかげで、いつもより心強かったことは認めなくてはならない。

「感じのいい子たちだね」

三人が帰ると、イシャムが言った。

「でも、最近の若者は酒をのまないんだな。二時間もいて、ビール二杯ずつだなんて」

と、可笑しそうに。

　昼間、いつかちゃんは機嫌が悪かった。だからつい言いそびれてしまったのだが、礼那はあしたもアンと会う約束をした。アンのアルバイトが終ってから、夜にだ。でも、どっちみちいつかちゃんはあしたの夜も仕事なのだから、そのあいだに礼那が誰かと会ってもかまわないはずだ。いつかちゃんの仕事が終る十一時までに、ここ、ハーミテイジ・カフェに来ていれば問題はない。ピートがサービスでだしてくれた〝本日のスープ〟（きょうのそれはミネストローネ）をのみながら、礼那は店内を見回す。テーブル席に学生風の男性客が一人、カウンター席に常連のおばあさんが一人。カウンターの内側にはピートと、いつものウェイトレスが二人。静かな夜だ。さっきピートは、立ったまま寝たふりをしてウェイトレスたちを笑わせた。見かけも口調も真面目そのもののピートは、ときどきおもしろいのだ。でたらめな歌を作って口ずさむこともある。〝レイナはどこだ、小さすぎて見えないー〟とか、〝コーヒー、コーヒー、みんなコーヒーを欲しがるー〟とか。

　礼那は毎晩来ているので、よく会うお客の顔は憶えてしまったし、そのうちの何人かは名前も知っている。「やあ、ダン、今夜は冷えるね」とか、「マイラ、象みたいにきれいだ」とか、ピートの言うのが聞こえるからだ。ヘイリーの言ったとおり、この店は確かに居心地がいい。でも、一人でいつかちゃんを待つ時間が退屈なことに変りはなく、だからあした、アンに会えることがたのしみだった。アンは友達をつれてくると言っていた。できるだけゆっくりのんだつもりだったけれど、スープはもうのみ終ってしまった。

ハーミテイジ・カフェに三種類の客がいることを、礼那はもう知っている。テイクアウトをする客と、店内で食事をして帰る客、そして、食事をしようとしまいと関係なく、帰らない客。帰らない客はたいてい一人客で、ノートや本やパソコンをひらいている学生か、ピートとお喋りをしに来る年配の人か、従姉を待つ少女かなのだ。

ようやくいつかちゃんが現れ、礼那はピートにお礼を言ってスツールをおりる。帽子をかぶり、ダウンを着る。

「グンナイ、ガールズ」

「シーユートゥマロウ」

口々に言うお店の人たちに見送られ、凍りそうにつめたい空気のなかにでる。

「おかえりなさい」

礼那は言い、いつものように、従姉の腕に腕をからめた。先週の雪の名残りが、道の端に固められて凍っている。

「きょうはどうだった？」

尋ねると、

「ティファニーが来た」

といつかちゃんはこたえた。

「他にも二人、〝ポケッツ〟の人たちが」

と。

「何ていう名前?」

「ロバートとキンバリー」

礼那の知らない人たちだった。話に聞いてさえいない名前だ。いつかちゃんの仕事仲間。

「たのしかった?」

そう訊くと、いつかちゃんは心外そうな顔で礼那を見て、

「あの店で、トイレを流すのを忘れる人が一晩にどのくらいいるか、知ったられーなはびっくりするよ」

と、言った。

アパートに着くと、めずらしくヘイリーがいて(ヘイリーは、いつも夜中の二時とか三時とかまで帰ってこない。それで、お昼すぎまで起きてこない)、あぐらをかいて床に坐り、ギターから、うんと小さな音をだしていた。

「ハイ、ガールズ」

パジャマ代りにしているもこもこのパイル地の上下(上はパーカーで下はロングパン

ツ、色は黄土色）に身を包んだヘイリーは、動物の着ぐるみを着た人みたいに見える。
「もしかして、決ったの？」

礼那は訊いた。バンドのスケジュールのことだ。すぐにでもステージに立ちたいのに、年内はどこの店もブッキングがかなり進んでいて、割り込むのが難しいのだと聞いていた。おまけにバンドメンバーもそれぞれ別の仕事を入れていて、なかなか予定が合わないらしかった。

「イエス」

ヘイリーはギターに意識を向けたまま言い、でも、

「イエス、イエス、イエス」

と徐々に声を大きくしたかと思うと立ちあがって両腕を広げた。

「よかったー」

礼那は言い、もこもこのヘイリーに抱きつく。ライヴハウスの出演料とチップが、ヘイリーの唯一の収入だと知っていた。

「いつから？」

いつかちゃんが訊く。

「サード・フィドルでも演奏する？」

来週からで、それはサード・フィドルではないけれど、いったん活動が始まれば、ほ

ぼ毎日どこかの店で演奏することになるので、もちろんサード・フィドルにも行くとヘイリーはこたえ、あそこは私たちの本拠地とも呼ぶべき店だからとつけ足した。

「フレッドは、メンバーみんなの父親みたいなものなの。本人は兄だって言うでしょうけど」

いつかちゃんは笑った。

「最初は感じが悪いと思ったんだけど、けっこういい人だよね、フレッドって」

バンドのスケジュールが決ったことは、ヘイリーのためにほんとうによかったと礼那は思う。二人の知っているフレッドを自分が知らないことも、ヘイリーとチャドの演奏を、いつかちゃんは見られるのに礼那は見られないということも、ちょっとしゃくだったけれども。

日ざしはうららかなのだが、気温は低い。〝ポケッツ〟の裏庭では、厨房(ちゆうぼう)スタッフが二人、煙草(たばこ)を吸っている。空気が澄んでいるので、煙の白さがはっきり見える。寒々しい白さだ。逸佳は二人からできるだけ離れて、クリスに電話をかけた。着信があったことを発見したからだ。クリスには、逸佳の方から電話をしたことが一度あるが、逆ははじめてのことだ。日本のそれとは違う(そして、そのことに逸佳がいまだに慣れない)呼びだし音を聞きながら、なんとなくいやな予感がした。クリスから逸佳に電話がかかってくる理由はないのだ。まったく思いつかない。ということは、何か悪いニュースに違いないという気がするのだが、クリスが逸佳にもたらす悪いニュースというものも、まったく思いつかないのだった。電話は留守電に切り替わった。たぶん、仕事中なのだろう。スキーのインストラクターにとっては、いまが書き入れどきなのだから。逸佳はメッセージを残さずに電話を切った。つながらなかったことでほっとしていた。でも、それが悪いニュース（かもしれないもの）を聞かずに済んだからなのか、クリスと喋る機会を次までとっておけるからなのか、わからなかった。

青い空だ。つめたい空気を一つ深呼吸し、逸佳は店内に戻る。ランチタイムはすぎているので、客はまばらだ。もうすぐ時間が間のびして、店が、どこかの家の居間みたいになる。こういうとき、逸佳はときどき、自分がどこにいるのかわからなくなる。ここがアメリカで、テネシー州のナッシュヴィルだということはわかるのだが、わかっても信じられないというか、こんなふうに、この街で昼も夜も働いている人間が自分であるはずがない、という気がする。ここにいるこの人間、店のユニフォームのポロシャツを着た、英語の下手な、このウェイトレスは一体誰だろうと思うのだ。働くことは想像したほど大変ではないし、たのしいとさえ言えるけれど、これがほんとうである気はしないので、早くここを離れて、落着いた気持ちに戻りたい。自分で決めたことなのにだらしがない、と思いはしても、逸佳はついそう願ってしまう。

アンと約束した店は、ヘイリーのアパートから歩くと四十分くらいかかった(でも、礼那は歩くのは平気だ)。店は街の西側にあり、来たことのない地域だったので風景が新鮮で、礼那は何度も立ちどまって、店のウインドウや、道で弾き語りをしている人を眺めた(もしかするとそのせいで、四十分かかってしまったのかもしれない)。

アンとその友達はすでに来ていて、礼那が店に入ると、すぐに見つけて近くのテーブルから手をふってくれた。店は若者で賑わっていて、もし二人がもっと奥のテーブルにいたら、見つけられなかったかもしれないと礼那は思う。そのくらい広い店なのだ。広くて騒々しい。入口からすぐそばのテーブルまででさえ、人をよけたり、ぶつかって謝ったり謝られたりしながらでないとたどりつけなかった。

「混んでるねえ」

開口一番礼那は言った。アンは、まるでそうしないと混んでいるかどうかわからないみたいに店内を見まわして、

「ここはいつもこんな感じ。私はそうしょっちゅう来るわけではないけれど、それでも前に来たときも、その前に来たときもこんな感じだった。うん、たぶんそう、いつもこんなふう」

と、ぶつぶつ言って、

「で、彼はハロルド、彼女がレーナ」

と紹介した。

「ウス」

ハロルドが、へんな挨拶をする。

「ウス？」

訊き返し、礼那はアンの隣に坐った。四人掛けのテーブルだけれど、ハロルドはちょっと太っていて、一・五人分くらいの座席を占めていたからだ。

「研究会の仲間はもっとたくさんいるんだけれど、いまは学期休みだからみんな家族のところに帰っていて、街にいないの。もしかすると九時くらいにもう一人来るかもしれないけど」

アンが言い、

「ハイ、ハロルド、会えてうれしいわ」

と礼那は挨拶をしたのだが、ハロルドの返事はまた「ウス」だった。

もう一人来るかもしれない友達の名前はステファニーで、リプスコム大学ではなくヴァンダービルト大学の学生なのだけれど、なぜだかリプスコム大学の漫画研究会に入っているのだと、アンが（ひとりごとみたいな口調で）説明してくれる。

「リックは？」

ハロルドが訊き、

「あ、声をかけるの忘れた」

とアンがこたえる。

「ショーガーネナー」

発音のへんな日本語で言いながら、ハロルドはスマホを両手で持って、たぶんリック
だと思われる相手にメールをし始める。

二人が注文していたバーガーとサラダ（アンはヴェジタリアンなのだそうだ）が運ば
れ、食事を済ませていた礼那はのみものだけ頼むつもりだったのだが、メニューを見て
しまうと何かちょっぴり欲しくなり、オニオンリングとジンジャーエールを注文した。

ぴったりしたミニスカート姿のウェイトレスが、「シュア」と満面の笑みで応じる。

ぴかぴかした店だ。装飾品が多い。コーラやタバコや石鹼の昔の看板とか、小銭を入
れるとガムがでてくる機械とか、ジュークボックスとか、黒人のコックさんの立像とか。

「五〇年代風が売りなの」

アンが教えてくれた。

「この街には若い人はあんまりいないのかと思ってた」

若者で混み合った店内を眺めながら礼那が言うと、

「まさか。普通にいるよ、学生だけだけど」

とアンはこたえ、

「でも街の東側は、確かに老人ばっかり。あとは観光客。そう、観光客、観光客、観光客。彼らはやって来て、去る。みんなそう。やって来て、去る」

と続ける。アンの喋り方はおもしろい。

運ばれたオニオンリングをつまみ、ジンジャーエールをのみながら、訊かれるままに家族のことや、この街に来たいきさつなんかを話していると、それまで黙々とバーガーにとりくんでいたハロルドが、

「レーナ、質問がある」

といきなり言った。口元を拭いた紙ナプキンをまるめてお皿の上に放り、椅子に置いてあったスーパーマーケットのビニール袋から、漫画の本を何冊もとりだす。英語のも、日本語のもある。

「彼はすごく勉強熱心なの」

アンは言い、最後のレタスにフォークをつきさした。

ハロルドの質問はきりもなくあって、礼那はその騒がしい店のなかで、日本語教師みたいな真似をすることになった。とはいえ礼那にもこたえのわからない質問も多く（〝ばーん〟と〝どーん〟はどっちが派手な音なのか、〝ほうとう〟とはどんな料理か、〝コノヤロー〟と〝コンニャロー〟はどう違うのか）、ハロルドの持参した和英辞典にも、

そんなのもちろんでていないのだった。そのあいだにも、アンは丸暗記しているらしい日本語のセリフを意味不明に呟く。意味不明なのに、「セッシャハタンナルトオリスガリノジジイニゴザル」とか、「イカ」とか、アンがぶつぶつ言うたびに、礼那はつい笑ってしまう。

ライヴハウスで働いてみて、驚いたことはいろいろあるが、その一つはチップの多さだ。〝ポケッツ〟では担当できるテーブルの数が限られているのでそうでもないが、〝サード・フィドル〟では、時給よりもチップの方がはるかに多い。一杯ごとにお金をもらうシステムを、逸佳は最初、わずらわしいと思っていたが、いまはすばらしいと思う。たとえばついさっきのように、十三ドルの酒に二十ドル札をだした客に、おつりはいらないと言われたりすると、とくに。

フロアの隅でコートを着てブーツにはき替え（ここにはロッカールームというものはない。段ボール箱や誰かの私物や掃除道具でごたごたした、バックヤードと呼ばれる小部屋があるだけだ）、イシャムに小声で挨拶をして、逸佳は夜気のなかにでる。

「バイ、ＩＴ」

スツールに腰掛けたブライアンが言い、

「バイ、ブライアン、またあしたね」

と、逸佳も返す。吐く息が白い。携帯をチェックしたが、クリスからの着信はなかった。イヤフォンをつけ、店で演奏される類の曲とはまったく別の、自分の好きな音楽を聴く。ごく小さなヴォリウムで。小さくても、馴染んだ曲が耳に届くとたちまち、逸佳は自分が元に戻る気がする。元の、逸佳のよく知っている自分に。

よく知っている自分？　川ぞいの道を歩きながら、逸佳は自問する。それはどういう自分なのだろう。頑固？　社交下手？　小心者？　気難し屋？　どれも事実だとは思うが、それらとは違う何かだという気もした。

星がでている。風がつめたい。川の水は黒々として揺れながら、ところどころに街灯の光を映している。ブロードウェイの喧噪もネオンも、嘘だったみたいに遠い。ここはとても静かで、澄んだ夜の匂いだけがする。昔は駅舎だったという倉庫群を通りすぎながら、一人ぼっちの自分だと、ふいに思いあたった。逸佳にとって、自分のよく知っている自分というのはつまり、一人ぼっちの自分のことなのだった。

ハーミテイジ・カフェはあかるく、暖かかった。コーヒーの、いい匂いがする。いつものカウンター席に礼那がいない、と思って心臓がどきんとしたが、ピートが窓際の席を指さし、そこには四人の白人の若者たちに交ざって、礼那が坐っていた。にこにこと笑顔で、たのしそうに。

「あ、いつかちゃん、おかえりなさい」

逸佳が近づくと礼那は言い、

「これがきのう話したアン」

と、なかの一人——眼鏡をかけた女の子——を紹介した。彼女が私の従姉のイッカ、と英語で言い、いまみんなで日本語の勉強をしてたの、と逸佳に日本語で言う。

「ハイ、カズン」

アンではない女の子が言い、

「ウス」

と太った男の子が言った。

「こんばんは」

逸佳が日本語で言ったのは、日本語の勉強をしていたと聞いたからで、でもその言葉に返事をする人はいなかった。

「じゃあ私は帰るね」

礼那が言い、立ちあがると、

「ハミチンノゴエン、ワスレテハオリマセン」

とアンが言い、もう一人の女の子がけたけた笑う。

「オレハ、オレイガイ、スベテ、ノ、ニンゲンヲ、コロス、タメニ、ソンザイシテイル」

太った男の子の言葉は逸佳にはよく聞きとれなかったが、日本語のつもりらしいことはわかった。テーブルに、漫画の本が山になっていた。四人の大学生アパートまで歩くあいだも、礼那はずっとその夜のことを話していた。四人の大学生が日本の漫画をどんなに熟読しているか、彼らの憶えてしまう日本語がどんなに奇妙か――。

「アンはね、イカが墨を〝びゃー〟ってもらしちゃうところが大好きなんだよ」

と説明されても全く理解できなかったが、「びゃー」「びゃー」と擬態語を何度もくり返す礼那がたのしそうだったので、よかったと思った。自分が仕事をしているあいだ、礼那が一人で淋しい思いをしているよりずっとよかった、と。


クリスから電話がかかったのは翌朝だった。電源を切っているのでそのときにでることはできなかったが、着信履歴に表示された名前と時刻を、逸佳はじっと見つめた。CHRIS 8:24 AM――。ほんの十分前だ。ヘイリーも礼那もまだ寝ている。八時に起きた逸佳は着替えと洗面を終え、オレンジジュースをのんだところだ。洗濯をしようと考えていた。逸佳も礼那も、ここしばらくおなじジーンズをはきすぎていた。

よくないニュースに違いなく、だから見なかったことにしたいという気持ちと、二度もかかってきたのだから用事があるに違いなく、だからかけ直さなくてはいけないという（考えてみればあたりまえの）反応のあいだでしばらく迷い、けれど見なかったことにしても、一日じゅう気になることがあきらかなので、逸佳はジーンズ二本と洗剤と電話を持って、地下のランドリーに降りた。洗濯機も乾燥機も、稼動しているものは一台もなく、高い位置に造られた窓から、冬の朝の、薄い日ざしがさし込んでいる。

クリスはすぐに電話にでた。逸佳が名乗るより前に、

「やあ、イツカ」

と静かな声音で言い、

「どうしてるかなと思って電話したんだ」

と続けた。ほとんど抑揚をつけない、クリス独特の口調で、I called you because I wonder how you are doing と。

「どうしてるかなと思って、あなたは私に電話をくれた」

逸佳はそのままくり返してしまう。You called me because you wonder how we are doing. クリスは笑い、

「そうだよ」

とこたえる。

「それだけ？」

「それだけ」

逸佳は全身で安堵した。同時に、いま電話の向うにクリスがいるのだという事実に俄然喜びが込みあげ、

「おはよう」

と、へんなタイミングの挨拶をした。でもクリスは笑わず、

「おはよう」

と、静かに普通にこたえてくれる。逸佳は、自分も礼那も元気だと話した。自分は毎日働いているし、それはちょっとたのしい（It's a kind of fun）とも言った。ヘイリーが帰ってきたことを告げ、来週から音楽活動に復帰することも報告した。クリスはヘイリーを知らないので、それを話すことに意味があるかどうかわからなかったが、クリスはやはり静かに普通に、でもちゃんと心のこもった口調で、それはよかった（Good for her）とこたえた。

「あなたは？どうしている？」

逸佳が尋ねると、クリスは毎日スキーをしているとこたえた。アルペンではなくノルディックで、それをするのにここは最適なのだ、と。

「ほんとうに、きみたちにもこの景色を見せたいよ。とくに朝はすばらしくて、いちめん、砂糖をばらまいたみたいにきらきら輝いている」

毎朝起きて窓をあけ、みずみずしい新雪の匂いをかぐと、自分の心臓が小鳥みたいにばさばさ羽ばたくのがわかるのだとクリスは言った。まるで身体の外に飛びだしたがっ

ているみたいに、と。

そして、クリスマスにはシカゴの両親のところへ帰る予定だと言った。感謝祭はボストンの〝母親みたいな人〟と過したから、とも。他にもあれこれ、思いつくままに互いに近況を報告し合い、電話を切って部屋に戻った逸佳は、自分がジーンズ二本と洗剤を抱えたままであることに気づき、きまりの悪い思いで地下のランドリーにひき返した。


「えーっ」

礼那はつい大きな声をだしてしまい、いつかちゃんに、シーッと咎められた。ヘイリーが目をさましちゃうよ、と。朝の台所はあかるく、礼那はいつかちゃんの用意してくれた朝食をたべ終えたところだ。

「でも、なにそれ。それって二人はいいフンイキだっていうこと？　会いたいとか、声が聞きたかったとか、言い合っちゃったわけ？」

「ちがうよ。そんなわけないでしょ」

いつかちゃんはこたえ、

「ただ、クリスと話すとほっとするの。自分のよく知っている自分に戻れるっていうか」

と言った。自分のよく知っている自分？　礼那にはわけがわからなかった。

「なにそれ」

それでそう言った。

「だいたいさ、なんでいままで教えてくれなかったの？　最初の電話っていつかけたの？」

心外だった。礼那は、いつかちゃんの恋——もしそれが恋なら——を応援する気満々なのだ。それなのにのけものにされたなんて納得がいかない。

「ごめん。なんとなく言いそびれた」

いつかちゃんは言い、

「次からはいっしょに電話しよう」

と続けたけれど、礼那は、自分がそうしたいのかどうかわからなかった。礼那にとって、クリスはただの編物男だ。感じのいい人だったから、電話で話せばなつかしいだろうと思うけれど、話せなくても構わなかった。そういうことじゃなく——。

けれど心のなかのぐるぐるを、言葉にすることは難しすぎた。それで、仕事に行くいつかちゃんを見送ったあと、洗濯の終ったジーパン二本をベランダに干し、子供たちに会えるかもしれないと期待して、ヴィクトリーパークに遊びに行った。

事務所の連中を招いての鍋パーティは毎年恒例で、仕事納めにはまだまがあるものの、気分としては忘年会なのだが、今年は若いやつの発案でキムチ鍋というものを作ったので、客がみんな帰ったあとの、深夜の室内がひどくキムチくさい。それに、湯で割ってのんだ芋焼酎の、鼻腔(びこう)の奥（あるいはいっそ、眼窩(がんか)の奥）を撃つような、刺激のある匂いも空気にしつこくしみついていて、窓をあけてもほとんど効果がない。仕方なく、自分の顔の方を窓から外につきだし、三浦新太郎(みうらしんたろう)は新鮮な夜気を吸い込んだ。いまこの瞬間、逸佳と礼那はどこにいるのだろうと考える。

いまや新太郎は、娘のカードを止めたことを心底後悔していた。あれから一か月が経ち、娘たちから何の連絡もないというのは、どう考えてもあり得ないことだった。それまで比較的マメに届いていた葉書も、この一か月はぷっつり途絶えている。事件に巻き込まれたのだとしか思えない。あるいは事故に。しかし、もしそうであるなら病院なり警察なり大使館なりから連絡があるはずで、それら諸機関の目の届かない場所にいるのだとしたら——。売春とか人身売買とかドラッグとか、怪しげな宗教とかマインドコントロールとか、猥褻(わいせつ)行為目的の監禁とか。キムチ鍋と芋焼酎で朦朧(もうろう)とした頭に、アメリカという大国の負のイメージがどっと押し寄せ、新太郎は思わず両目を固くつぶる。そうすれば、それらから家族を守れるかのように。

理生那の話では、義弟は〝怒りモード〟になっているらしい。何度も警察に出向いて、何とかしろと迫っているという。

「新聞に広告をだすって言いだしたの」

そんなことも言っていた。が、電話口の理生那自身は奇妙に落着いていて、

「進級できなくても、退学になるわけじゃないから」

と、新太郎の危惧——学校云々ではなく、娘たちの身の安全——からかけ離れたことを呟いたりもした。新太郎には理解できない。ついこのあいだまで、理生那の方がうろたえていたはずだ。

「まだ寝ないの？」

声がして、ふり向くと、パジャマ姿の妻が立っていた。

「うん、寝るよ。いま寝る。寝ます」

新太郎は言い、窓を閉めた。室内は依然として酒くさい。それとも、酒くさいのは自分だろうか。

「逸佳たち、いまごろどこにいるんだろうな」

売春とかドラッグとか、マインドコントロールとか、とかとかとかを心配してなどまったくいなかったかのように、新太郎はあえてのんきに言ってみる。

深夜、礼那が寝てしまったあとのアパートで、逸佳は地図をひろげている。西部を見たい、と従妹には言ってあるものの、自分のイメージしている西部というのが具体的に

どこのことなのか、ほんとうのところ、よくわかっていないのだった。ロッキー山脈の方だろうか。ワイオミング州とか、コロラド州とか？　カンザス、サウスダコタ、ノースダコタあたりも含まれるだろうか？

台所の螢光灯が変な音を立てている。ジジジジジジ、と、管そのものがふるえているような音。換えどきだと逸佳は思う。生活者としてヘイリーはずぼらすぎる、とも。

西部には何があるのだろう。インスタントコーヒーのカップを口に運んで逸佳は考える。平原、サボテン、タンブルウィード、馬や牛――。自分でも冗談みたいだと思うほど、陳腐で類型的なものしか浮かんでこない。西部劇、ガンマン、夕日、何枚ものペチコートをはいた女性――。そこまで考えて、逸佳は笑う。結局、自分は西部について何一つ知らないのだ。だからこそ行きたいのだと思った。そこがどんなところか見るために。

資金は予想以上に貯まりつつあるので、この先は、普通にバスか列車の旅ができるはずだ（逸佳は、礼那を怯えさせた変態男のことを忘れてはいない。許してもいない。ヒッチハイクは、だからもう、できればしたくないのだった）。年があけて、街から新年ムードが消えたらすぐに出発しようと逸佳は決める。最初のバス停か駅の公衆電話から、礼那には、家に電話をかけさせる必要があるだろう。逸佳自身の両親には、これまでどおり葉書で無事を知らせるつもりだ。ヘイリーに何かお礼をすべきだと思うのだが、何ができるのかわからなかった。

地図をたたみ、カップをゆすいで居間に戻ると、換気のために細くあけてある窓から、貨物列車の警笛が聞こえた。長く長く連なる貨車が、闇のなか、丘のそばの鉄橋を渡って、じれったいほどゆっくり通り過ぎていくところを逸佳は想像する。はじめのうちは、いちいちびくっとしていたこの警笛の音も、ここを離れたらなつかしく思いだすのだろう。そう思った逸佳は、まだここにいるのに、その警笛をすでになつかしく感じていることに気づいて戸惑う。ぶおおおん、と夜気にこだましたそれは風にのってたったいまここに届いたのだし、いまにもまたもう一度鳴り響くかもしれないというのに。

お菓子を作るのはひさしぶりだった。といっても、母親なら絶対に買わない、スーパーで売っている箱入りの〝ジェロ〟を使ってのお菓子作りだけれども。礼那は知らなかったのだが、〝ジェロ〟にも二種類あって、ハンナが言うには青い箱のものはシュガーフリーで、「黄色い箱の方が断然おいしい」らしい。

「おばあちゃんもそう言ってるよ、ブルーのやつを買うのなんて気取り屋だけだって」

ハンナの家の台所は狭く、散らかっていて、裏庭に面している。その裏庭ではいま、ハンナのおばあちゃんがタバコを吸っている。

「バナナを切って」

ハンナが言う。

「まな板は？」

ナイフだけを渡されたので礼那が訊くと、

「忘れて」

という返事だった。忘れて？　意味がわからずつっ立っていると、今度は箱入りのクッキーを渡された。

「ウエハースをならべて」

礼那の見たところ、それはウエハースではなくクッキーだったが、箱には確かにVanilla Wafersと商品名が印刷されている。

午後。曇り空で寒いのに、ハンナのおばあちゃんはなかなか部屋に入ってこない。言われたとおりにクッキー（もしくはウエハース）を器にならべる礼那の横で、ハンナがテーブルに直接置いたバナナを輪切りにしていく。二人はいま、〝バナナプディング〟を作っているところだ。

「エッオウ、アッゼ、メエイ？」

訛りがきついけれど、こんにちは、いるの、メイ？　と言っているのだと、いまでは礼那にもかろうじて聞き分けられる声がして、コートや衿巻で着ぶくれた女の人が現れる。

「彼女はそこ」

訛りのない英語でハンナはこたえ、でもお客さんの顔を見もしなかった。

「こんにちは」

礼那は、自分がこの家にいることを、着ぶくれた女性が不審に思うかもしれないと思って挨拶してみたのだが、女性は礼那に目もくれず、

「アノーヨー、イアッデー」

と、大きな声で言いながら裏庭にでて行く。女性が礼那のそばを通ると、ずっとたんすにしまいっぱなしだった服みたいな匂いがした。

「誰?」

尋ねたが、ハンナの返事はまた「忘れて」だった。ガラスの器に〝ジェロ〟のカスタードと〝ウエハース〟、それにバナナを重ねることに集中している。

再び玄関があいて閉まる音が聞こえ、お客さんが顔をだした。今度は男の人で、大きな箱を抱えている。

「彼らはそこ」

ハンナが言うと、男の人も裏庭にでて行った。すこし前までおばあちゃんが観ていた居間のテレビがつけっぱなしで、コマーシャルの音が聞こえる。礼那はなんとなく居心地が悪かった。

「これを重ねて」

ハンナに渡されたのは、パックに入った代用品の生クリームで、これもまた、礼那の母親が絶対に買わないものだった。

「ぴっちりラップをすることが大事なの。それがコツ。あとは冷蔵庫に入れておくだけだから、簡単でしょ」

ハンナが言う。

「三時間冷やせば完成。それまで、何して遊ぶ？」

三時間――。それでは五時になってしまう。

「ごめん、私はそんなにはいられないの」

「どうして？」

尋ねるというより責める口調で、ハンナは訊いた。

「きょうはいっしょにお菓子を作ってたべようって言ったじゃない。それは、作るだけじゃなくてたべるのもいっしょにするっていう意味でしょ。ちがう？　ちがうの？」

普段物静かなハンナの突然の剣幕に驚き、礼那は一瞬言葉を失う。

「レーナは、私たちは友達だって言ったよね。友達は友達に嘘をついたりしないものでしょう？　ちがう？　ちがうの？」

興奮するあまり、ハンナは床を一つ踏み鳴らした。どしんと、大きく。

「ちがわないよ。ちがわないけど――」

礼那は説明しようとした。いつかちゃんが四時には帰ってくること、途中で食材を買ったり、〝ポケッツ〟の誰かとお茶をのんだりすればもうすこし遅くなることもあるけれど、それでも五時よりは早いこと、それまでに自分が帰っていないと、いつかちゃんが部屋に入れないこと（そのあいだにまた二人連れのお客さんが来て、でも今度は彼らが裏庭にでるのではなく、裏庭にいた三人が戻ってきて、台所にいる二人には無関心に、ぞろぞろと二階にあがって行った）――。

「じゃあ、そのあとは？」

ハンナが低い声で訊く。

「あなたの従姉は夜も仕事なんでしょう？　いったんアパートに帰って彼女を部屋に入れてあげて、それからまたここに遊びに来ればいいじゃない」

無理なのだった。きょうはたまたまヘイリーと約束があり（バンドの練習を見せてもらえる！）、そうでなくてもいつかちゃんと早目の夜ごはんをたべることになっているし、そのあとはピートの店に行くことになっている（礼那が毎晩そこにいることを知って、あれ以来、アンたち大学生は、よく店に来て、漫画を読んだり日本語の質問をしたりするようになった）。

礼那が口にしたのはその全部ではなく一部なのだが、それでもハンナは、

「忙しいんだね」

と言い、

「もういい。帰って」

と言った。こっちの大人がよくする、手で何かを払う仕種つきで。

「それから、うちのおばあちゃんのあれは完全に合法だからね。あなたの従姉が働いているのは非合法だけど」

「なに、それ」

訊き返したのは、意味がわからなかったからだ。意味がわからなくて、でも、ハンナの声音には脅すような響きがあった。

「なんでイツカちゃんがでてくるの？」

誰もいない居間で、まだテレビが何か喋っている。ドキュメンタリー番組？　それともニュースショウだろうか。

「帰れば」

ハンナが言い、礼那は言われたとおりにした。

その日の後半はとてももたのしかった。〝ポケッツ〟から帰ってきたいつかちゃんは、来月、できるだけ早くここを離れて旅に戻ると宣言し、お世話になったヘイリーへのお礼を何にするか、早目の夜ごはんをたべながら二人で話し合って、二つ目のトルソーを贈ることに決った。すでにあるトルソーは、金のとか銀のとかガラスのとかパールのとか、革紐のとか十字架のとかガイコツのとか、首飾りがともかくたくさん、じゃらじゃらぶらさげられすぎていて（たぶん、ブレスレットとかアンクレットとかもいっしょにぶらさがっているのだと礼那は思う）、下の方のはよく見えないし、幾つかは床に落ちてしまっているからだ。トルソーというものを一体どこで売っているのかわからないけれど、それについてはヘイリーには内緒で、チャドに相談してみることになった。

そして、そのあとで礼那は生れてはじめて、貸しスタジオというところに行った。スタジオは、ブロードウェイのはずれ、一番街と交差する川ぞいのビルのなかにあって、一階と地下一階が複数の個室に分けられ、それぞれに重たい防音扉がついていた。それでも音はもれてくるし、誰かが個室に出入りすると、扉があくたびに爆音がとどろく。ロビーにいる人たちは、みんないかにも〝ザ・ミュージシャン〟という風貌の若者たちで、女性はみんなヘイリーみたいにお化粧が濃く、男性はみんなチャドみたいに長髪だった。

いつかちゃんは夜の仕事に行っていて、だからスタジオに来られたのは礼那一人で、そのことが礼那はすこしうしろめたかったが、いつかちゃんは〝サード・フィドル〟で聴けるのだからと自分に言い聞かせた。

あてがわれた部屋は地下で、狭い、というのが、礼那の最初に思ったことだった。それに、壁全体に張られた鏡を除くと何もかも黒い、というのが。幾つもある箱型のスピーカーも黒なら、ツマミのついた機械も黒、キーボードもほとんど黒で、やたらとたくさん床を這っているコード（スタンドにささっているマイクの分だけでも七本）も、全部黒だ。

「ひえー、この部屋に、みんな入れるの？」

礼那が訊くとヘイリーは笑って、

「入らなきゃ」

とこたえた。ドラムセット、人数分の折りたたみ椅子、人数分の譜面台——。部屋のなかには、礼那がはじめてかぐ匂いが充満していた。地下室の匂いだろうか。楽器の匂い？　電気機器の匂い？　小学校の工作室にあった、工具箱の匂いに似ている気が礼那はした。

「廊下に自動販売機があるから、何かのむものを買ってくるといいよ」

チャドが言い、礼那はコーラを買って戻ると、椅子に坐って、みんなの準備が整うのを待った。

ドラムの男性がスティックを打ち、演奏が始まると、礼那はほんとうに、ほんとうに腰が抜けるほどびっくりした。上手だったからでも下手だったからでもなく、音が大きすぎたからだ。大きすぎて、なんにも聞こえない。礼那はあ然とし、じきに笑いだしてしまう。音が大きすぎてなんにも聞こえないなんて、すごく奇妙なことだからだ。

ヘイリーが、ベースを弾く手は止めずに、

「たのしんでるの？（Having fun?）」

と、わざとゆっくり、大きく口を動かして訊き、礼那もおなじように口の動きだけでイエスとこたえる。そして、依然としてこみあげてくる笑いに肩をふるわせながら、聞くことは断念して見ることに専念した。ヘイリーの表情、リズムを刻んでいる片足と、弦を押さえる指、肩と楽器をつないでいるストラップは、ナヴァホ族の織り物みたいな柄だ。チャドの長い両腕の動き、ときどき反らす背中の角度、コーラスのときにマイクの前につきだされる横顔。そのあいだにも、ヴォーカルの男性（黒髪、しもぶくれの顔、太い首）の声とそれぞれの楽器の音が色とりどりに炸裂（さくれつ）し続け、どういう歌詞のどういう歌かはわからないまま、礼那に熱と高揚を伝える。

そういう曲が何曲か続いたあと、ヘイリーが歌った。ゆっくりの曲で、楽器の数もすくなかったので、今度はたぶん、よく聞こえた。なぜたぶんかというと、さっきまでの音が大きすぎて耳鳴りがしていたからで、それがなければもっとよく聞こえただろうと礼那は思ったのだったが、それでもヘイリーの歌声は十分に甘く豊かで、普段の声とはちがうことがわかった。

練習が終り、おもてにでると、火照（ほて）った顔に、風が気持ちよかった。自分が歌ったわけでもないのになぜ火照っているのか、わからなかったけれども。

腕時計を見ると、九時を過ぎていた。黒々した川面に、街灯の光がところどころでまるく揺れている。ヘイリーたちが、礼那のまわりでいっせいにタバコに火をつけたので、その小さな赤い火が、夜気のなかで螢みたいに明滅する。

練習のあとはビール、と決っているそうで、礼那はバンドメンバー五人といっしょにピートの店まで歩いた。

二十四時間営業のハーミテイジ・カフェは、いつものようにあいているだろう。そのなかは暖かく、コーヒーと夜の朝食のいい匂いがするし、そこにいれば、じきにいつかちゃんが入ってくる。その前に大学生たちが来るかもしれないし、いずれにしても、いま礼那はヘイリーたちといっしょに歩いていて――誰かと誰かが何かの曲の一節をハミングし、誰かが誰かに冗談を言って笑ったりしていて――、そのことがうれしい。けれど気持ちのどこかに、昼間の、ハンナとのことがわだかまっていた。忙しいんだね。帰れば。

ハンナは最初から、丘にいる他の子たちとすこしちがっていた。表情が硬かったし、態度が大人びていて、言葉がときどきなげやりだった。それだけじゃなく、たぶん何かがもっとちがっていて、他の子たちはみんなそれに気がついているし、気がつかれていることをハンナ自身も知っている、そんな距離があった。

あした、また遊びに行ってみようと礼那は決める。もうじきこの街を離れるのに、けんか別れみたいになってしまうのはいやだった。観光客について、アンは何て言っていただろう。彼らはやって来て、去る。みんなそう。やって来て、去る。

店は混雑をきわめていて、逸佳は、カウンター席に一人で坐っているロバートと、落着いて話す暇もなかった（落着いて話す必要も話題もとくにないのだが、ティファニーたちとはじめて店に来て以来、連日一人でやってくるロバートが逸佳に好意を持ってくれているらしいことはいまやあきらかで――イシャムばかりかフレッドにも、ボーイフレンドなのかと訊かれた――、その好意にこたえられない逸佳としては、だからといってことさら無視をしているとか、つんけんしているとか思われるのも心外だった）。ウイスキー、テキーラ、ビール。ワイン、テキーラ、テキーラ。お酒は飛ぶように売れていく。ラムソーダ、ジンソーダ、シェリートニック、ズブロッカソーダ。一人の人間の体内に、よくこれだけの液体が入るものだと感心するくらい、今夜の客は（ロバート以外）みんなどんどんグラスをあける。

「どんどんだして、またどんどん入れてもらわないとな」

逸佳がトイレ掃除に入ろうとすると、フレッドがそう言って笑った。

逸佳はきょう、店に来てすぐそのフレッドに呼ばれた。段ボール箱だらけのバックヤードに連れて行かれて、一月以降も働く気はないかと打診された。自分が気のきかない働き手であることは自覚していたので驚いたし、ずっと、いつクビを言い渡されるかとひやひやしながら仕事をしていたので、逆の申し出をされたことが正直に言うと嬉しくもあった。が、フレッドの前にでると普段よりもっと英語が不自由になる逸佳のした返事は、きわめてぶっきらぼうな、

「いいえ、できません」

で、しかもその「いいえ」は、妙に語気強く響いてしまった。フレッドは肩をすくめた。

「オーケイ」

そっけなく言い、こっちは金をだしてきみに仕事を教えてやったようなもんだ、と、嫌味をつけ加えるのも忘れなかったが、不思議と嫌な感じはしなかった。

そのことは申し訳なく思っているし、雇ってもらえたことにはほんとうに感謝している、と言いかけた逸佳をさえぎって、

「そういうのは望んでいない」

と、フレッドは言った。

「ただ働いてくれ。大晦日（おおみそか）のどんちゃん騒ぎまで、きみのそのクソ真面目さで」

逸佳はそうするとこたえた。クソ約束します、と。

今夜三組目のバンドがステージにあがり、客たちから拍手が起きる。

「こんばんは。チャタリング・イン・エジプシャンです。エジプト語で歌うわけではないのでご安心ください。このバンド名は、僕がまだ母親のおっぱいをのんでいたころ……」

「きょうも十一時までなんでしょ？」

カウンターのそばに戻ると、ロバートに訊かれた。

「そのあと、一杯どうかな。どこか、この近くの店で」

「なんのために？」

こういうとき、アメリカの女の子たちは何と言って断るのだろうと思いながら逸佳は訊き（ほんとうは、私の一体どこがいいの、と訊きたかった）、ロバートがこたえるのは待たずに、

「従妹が待ってるの、ごめんなさい」

とこたえた。ナントカ・エジプシャンが、古めかしいカントリーソングを歌っている。

ロバートは悲しそうな顔をした。まるで、断られることを予期していなかったかのように。そして、そのことに逸佳はある種の衝撃を受ける。断られることを予期（あるいは、すくなくとも想像）せずに誰かを誘うなんて、自分には絶対にできないことだからで、それができるロバートを、逸佳はいいやつだと思った。いいやつで、でも無謀だ。

「じゃあ、せめて家まで送らせてもらえる？」

カウンターの上の、ほとんど減っていない地ビール――〝スウィート・ウォーター〟――の壜を見ながら、逸佳はわかったとこたえる。家まではなくハーミテイジ・カフェまでだけど、と。

けれど、この夜、逸佳はハーミテイジ・カフェに行くことにも、ロバートに送ってもらうことにもならなかった。十時すぎに店にやってきたチャドが、今夜はピートの店に行ってはいけないと言ったからだ。

礼那が驚いたのは、まず分量だった。一つのテーブルの横に立つには多すぎる人数と、一人一人の身体が空間に占める割合。いつもは居心地のいいピートの店が、その人たちのせいで台なしだった。全部で七人いた。なかの何人かに礼那は見憶えがあり、それは昼間、ハンナの家で見かけた人たちだったからだ。七人はカウンター席とテーブル席に分れて坐り、礼那を待っていたようで、礼那がヘイリーたちみんなとテーブル席に坐るや否や、ぞろぞろと集まってきた。

「こんばんは、若者たち」

昼間見かけたおじさんが言った。箱を抱えていた人だ。白人で、太っていて、口髭（ひげ）を生やしている。

「誰か、この子の従姉がいまどこにいるか知っているかな?」

誰もそれにはこたえなかった。

「あんたたち、誰?」

ヴォーカルのデニスが訊き、

「この子の従姉に何の用があるんですか?」

と、ドラムのエリオットが訊く。礼那は何も言わなかった。こわかったのだ。何か、とても悪いことがいまここで起こっている、ということがわかった。心臓がどきどきし、もし喋れば声がふるえるに違いなかった。でも、同時に、なんで? とも思っていた。なんでこの人たちはここにいるの? なんで?

「何にする?」

ヘイリーに訊かれた。

「オレンジジュース」

礼那が小声でこたえると、ヘイリーはおじさんたちの頭ごしに声を張ってピートに注文――ビール五つとオレンジジュース一つ――を伝え、

「じゃまなんですけど」

と呟いておじさんをにらむ。

「そこで何が起こってるんだ? みんな、自分の席に戻ってくれ。うちのウェイトレス

たちが通れないじゃないか」

カウンターの内側からピートが言った。

「ごめんね、ピート。用事が済んだらすぐ戻るから。とても大事なことなの」

こたえたのは、七人のうちでいちばん若そうな女の人で、それでも、お姉さんというよりはおばさんに近い。黄色いセーターに植物柄のスカート、長い髪はうしろで一本の三つ編みにしてある。

「きみたちに質問しているんだ」

おじさんが言う。

「知っての通り、国には法律というものがある。法律は遵守されなくてはならない」

「ケヴィン、頼むよ、ここではやめてくれ」

カウンターからでてきたピートが、おじさんの肩に手を置いた。

「ケヴィンの言う通りよ。ここはアメリカで、アメリカにはアメリカの法律があるの」

小柄なおばあさんが口をはさんだ。フリルのたくさんついたブラウスを着ていて、でもそのブラウスは、びっくりするほどしみだらけだった。

「外国人に親切にすることと、犯罪者を見逃すことはまったく別よ」

「ええ、もちろんその通りです」

チャドがこたえる。

「でも、この子は何もしていない。たぶん、何か誤解があったんです。この子はただの観光客で、僕たちの友達なんですよ」

礼那はいたたまれなかった。チャドがいくら庇ってくれても、いつかちゃんが働いているのは事実だ。ワーキング・ビザがないのも。

「その子をどうこうするとは言っていないよ」

おじさんが言う。

「その子の従姉がいまどこにいるのか訊いているだけだ」

礼那はこたえてしまいたかった。こたえて、ちゃんと事情を説明すれば、わかってもらえるのではないだろうか。

「チャド！」

いつのまにかカウンターに戻っていたピートが呼んだ。

「ちょっと来て、これを運ぶのを手伝ってくれないか」

「俺たちの歌、どうだった？」

デニスがテーブルに身をのりだして訊いた。

「イカしてた、だろ？　ヘイリーのベースもブランクの割にはキレてたし、エリオットはそもそも天才だしね」

「ありがとう」

エリオットがこたえ、

「これでもうすこし愛想がよければ、ステージで人気がでるだろうにねえ」

と、ヘイリーが茶化す。

「まだ話は終っていないぞ」

おじさんが言い、

「あなたたちに話してるのよ」

とおばあさんも言ったけれど、みんな、それは無視することに決めたようだった。

「練習、また見に来る?」

黒髪のギタリスト――名前を聞いたのに忘れてしまった――に訊かれ、礼那は行きたいとこたえた。音が大きすぎて音楽の全体像はまったくわからなかったけれど、それでもとてもたのしかった。彼らが〝仲間たち〟であることが伝わってきて、そのことが礼那を幸福にした。スタジオをでたとき、夜気が気持ちよかった。全部、ついさっきのことなのに――。

ビールとオレンジジュースが運ばれてきて、でも、それを運んできたのはチャドではなく、ウェイトレスの二人だった。

「ああ、おいしい。歌ったあとのビールって最高」

ヘイリーが言う。チャドの姿は、店のどこにもなかった。

理生那は息をのんだ。

「こんなことをするなんて、気は確かなの？」

見せられたタブレットの画面には、私たちの娘を見つけてください、という言葉と共に、礼那と逸佳の写真——夏に、この家の庭で撮った写真——がでている。年齢、身長、ファーストネーム、いつから行方不明か——。

「お願いだから、すぐに削除して」

硬い声がでた。

「一体どうすればこんなことができるの？　これじゃまるで……」

その先を続けることはできなかった。これじゃまるで、あの子たちがほんとうにいなくなってしまったみたいじゃないの。

「どうして私に何の相談もなく」

「相談？　いなくなったのは俺の娘なんだぞ！」

潤は声を荒げた。

「それに、アンバーアラートをだしてもらうには厳密な基準があって、あの子たちはそれにあてはまらない。このあいだ話したじゃないか」

確かにそれは聞かされていた。

「だってあれは、誘拐された子供たちのために発令されるものでしょう？」

あてはまらないのはあきらかだし、あてはまらないことに、理生那は心から感謝している。

「そうだ、その通りだよ。警察に言わせると、あれは誘拐された事実が明白で、なおかつその子供が生命の危険にさらされていることがあきらかな場合にのみ発令されるものなんだと！　だいたい、生命の危険にさらされていることがあきらかな場合ってどういうことだ？　誘拐じゃなくたって、危険にさらされているのはあきらかだろう。でもとにかく、誘拐された事実が明白ではない子供をもし本気で捜索してもらいたければ、自分たちで発信するよりないじゃないか！」

潤の怒りの言葉は長すぎ、声は大きすぎた。

「誰が誘拐されたの？」

パジャマ姿の譲が居間に入ってきて訊いた。理生那は、持っていたタブレットをできるだけそっとテーブルに伏せる。

「なんでもないのよ、誰も誘拐なんてされていないし、パパとママは、ちょっと話をしていただけなの。システムの話で、特定の誰かの話ではないのよ」

「ばかばかしい！」

潤が言う。

「特定の誰かの話ではない？　そんなはずがないことは、譲にだってわかるさ。礼那の話だよ。もちろん礼那の話だ」

おいで、と、潤は譲に声をかけ、タブレットに手をのばした。

「やめて」

理生那の口からもれた声は小さかったが、言葉は本気だった。本気の懇願だった。

「潤、やめて」

夫の手に手を重ねた。

「パパの知り合いにSEがいてね、SEってシステムエンジニアのことだけど、きょう、こういうサイトを立ちあげてもらったんだ」

潤が息子にそのサイトを見せるのを、理生那はただつっ立って、なす術もなく見ていた。

「もちろん礼那は誘拐されたわけじゃない。似たようなものであるにしてもね」

夫の言葉は理生那の耳に入らなかった。

「でも、だからこそ、見つけるためには自分たちで行動を起こすしかないんだ。そうでなきゃ、誰も何もしてくれないんだからね」

譲は画面を凝視している。姉と従姉の写真、迷い犬か迷い猫のポスターみたいな文言、年齢、身長、ファーストネーム、日付。

理生那は息子から目を離すことができなかった。画面から目を離せなくなっている息子の、横顔や白い頬や真剣な目や、何の言葉も発していない、ふっくらした唇から。

逸佳には信じられなかった。

「あした？　そんなに急に？」

仕事を終え、チャドといっしょにアパートに帰ると、礼那とヘイリーがいた。逸佳が働いていることに腹を立てている人たちがいて、だからできるだけ早く街をでた方がいいと説明された。

「ごめん」

礼那は何度も謝った。

「いつかちゃんが仕事をしていること、ハンナに言うべきじゃなかった」

唇形ソファで膝を抱えて、小さくまるまっている。

「でも、ビザなしで働いている人は他にも結構いるよ？　〝ポケッツ〟にも韓国人の女の子がいるし」

逸佳は言ってみた。なぜ自分だけ追いだされるのかわからなかった。

「そういう問題じゃないの。運が悪かったとしか言えないけれど、あの人たちにとっては、目に入ったものだけがすべてだから」

ヘイリーが言い、

「ちょっと変った人たちなんだ」

と、チャドが続ける。

「ピートから聞いたんだけど、彼らは大麻で結ばれた愛国者たちで、独自のルールに従って生きているし、こうと決めたら岩みたいに頑固らしい。とても話し合えるような相手じゃないし、だから逃げるが勝ちだって、ピートも」

「大麻？」

逸佳は驚いてしまう。

「大麻って言っても医療用だから、この国では、たいていの州で合法なんだ、まあ、すくなくとも表面的にはね」

「でも――」

あした？　そんなにすぐ？　逸佳にはどうしても信じられなかった。この部屋も、自分たちで買った布団も、冷蔵庫に買い置きしてある果物や卵やヨーグルトも、いま目の前にいるヘイリーとチャドも、今夜が最後だなんて。

「仕事を放りだすことになっちゃう。大晦日まで働くって約束したのに」

フレッドは激怒するだろう。ミニーはきっと、疲れたようなため息をつく。失望と諦念。これだから外国人は、と思うかもしれない。

「そんな無責任なことはできない」

逸佳は言い、でも、言ったときにはもうわかっていた。自分があの二つの店で働くことはもうないだろう。イシャムと話をすることも、ロバートにデートに誘われることも、ティファニーのママに会うこともないだろう。

「目に入ったものだけがすべて」で、「こうと決めたら岩みたいに頑固」だというその人たちは、あしたも逸佳を探すだろうし、働いていることを確認したら、すぐに通報するはずだ。店に迷惑がかかりすぎるし、第一、礼那も自分も身元を確認されたらアウトなのだ。礼那はもちろん親元に、逸佳自身はたぶん日本に、それぞれ送りかえされる。逃げるが勝ち。逸佳は、そんな考え方は嫌いだ。断固ノーと言いたかった。でも、他にどうすればいいというのだろう。

「れーな、背に腹は替えられないって、英語で何て言うの?」

尋ねると、唇形ソファの上で礼那はもぞもぞと動き、

「えー? それはちょっとわかんないな。いつかちゃんの質問、アンみたいだよ」

と言って、すこしだけ笑った。

夜中に、ヘイリーとチャドはハーミテイジ・カフェに戻って行った。それで、翌朝礼那が起きたときには、すっかり計画ができあがっていた。礼那といつかちゃんはグレイ

ハウンドで西部に行く。バスディーポまでは、午後にピートが車で送ってくれる。あの人たちはもう通報したに違いないというのがピートの見立てで、だから一刻も早く立ち去る必要があった。

窓の外は晴れていて、とても寒そうだ。朝食のあと、いつかちゃんは〝ポケッツ〟のマネージャーに謝りにでかけ、事情を説明するためにヘイリーもついて行ったので、暖房のききすぎたアパートの部屋に、礼那はいま一人でいる。荷造りをするのはひさしぶりだった。もう慣れた作業なのに、のろのろとしか進まない。何もかもが急すぎて、全然実感が湧かない。きのう会ったばかりだけれど、ヘイリーのバンドの人たちと、もっと親しくなりたかったと礼那は思う。アンたち大学生とも。

ハンナは、どうしてあの人たちに告げ口をしたのだろう。告げ口をしたあとで、あのバナナプディングをたべたのだろうか。あの人たちみんなと？

礼那は荷造りの手を止める。急いで行けば、いつかちゃんたちより早く帰れるはずだ。そうでなくても出発には十分間に合うし、ヘイリーといっしょなら、鍵をかけてもいつかちゃんは部屋に入れる。

そり遊びをしたヴィクトリーパークから、サークル・ノースを通ってシャーロット・アヴェニューに入ると、古い、木造の家がならんでいる。そのなかの一軒がハンナの家で、黄色いペンキが塗られ、国旗をだしているから、一度しか来たことがなくてもすぐにわかった。玄関脇のブザーには〝故障中〟という貼り紙がしてあったので、礼那はノッカーを鳴らした。カツ、カツ、と二回。しばらく待って、また二回鳴らしたけれど、何も起こらない。きのう、お客さんたちが勝手に入ってきていたことを思いだし、試しにドアをあけてみると、あいた。

「ハロー」

礼那は大きな声をだす。

「ハロー。ハンナ、いる？」

ドアの内側は薄暗く、入ってすぐの場所に、壊れた椅子が置いてある。座面が破れて中綿がとびだしていることも、壁ぞいに大小さまざまな箱が積みあげられていることも、礼那はきのう見たので知っている。

「ハロー。誰かいますか？」

三度目に呼びかけたとき、廊下の奥に、ハンナが立っていた。細かく編まれた黒い髪、黒い肌、赤いジャージの上下姿なのは、まだパジャマなのかもしれない。礼那を見ても、ハンナは何も言わなかった。近づいても来ない。暗がりのなかに、ただ立っているだけだ。

「おはよう、ハンナ。ちょっと入ってもいい？」

訊いた途端に、

「ノー」

と言われた。そして近づいて来る。

「何しに来たの？」

尋ねられ、礼那は自分が返事を準備していなかったことに気づいて慌てた。幾つもの言葉――「話をしに」「お別れを言いに」「訊きたいことがあって」――が胸にうずまき、でも、どれも違うような気がした。

「何しに、来たの？」

テレビドラマにでてくる怒った母親みたいに、一語ずつ区切ってハンナがくり返す。いまや目の前にいるので、ハンナがいつもつけている金のピアスも、ジャージの両脇に白いラインが入っていることも見えた。

「会いに」

礼那はようやくこたえる。トゥシーユー、と、知らないうちに弱々しくなってしまった声で。訊きたいと思っていたこと――「きのう、私が何か悪いことをした？」「イッカちゃんのこと、どうしてあの人たちに言ったの？」「あの人たち、いったい誰なの？」――は、何だかもうどうでもいいような気がした。ハンナにはハンナの人生があるのだ。

「たぶん、もう会えないと思うから」

礼那は続けた。

「そり遊びにまぜてくれてありがとう。アマンダやカイルたちにもそう伝えてね」

ドアをあけようとすると、

「なんで？」

という、依然として怒った声が聞こえた。

「なんで、もう会えないなんて言うのよ」

礼那は驚いてふり向き、ハンナの顔をまじまじと見てしまった。なんでって、あなたが告げ口したからでしょう？　あなたがそうさせたんでしょう？

「私たち、旅に戻るから。きょう出発するの」

礼那が言うと、ハンナは目を見ひらいた。漫画みたいに口もあき、息を吸い込む音が聞こえた。

ハンナをそこに残して、礼那は晴れたおもてにでた。

耳のなかで音楽が鳴っている。

イヤフォンというのはいつごろ発明されたものなのだろう、と、逸佳はぼんやり考える。不思議な気がした。自分にはいま両耳から、身体じゅうがいっぱいになるほど音楽が聞こえているのに、このバスの乗客の誰一人、隣にいる礼那にさえ聞こえていないの

だ。ホリデーシーズンだというのにセントルイス行きのグレイハウンドバスは空いてい
て、乗客は定員の半分しかいない。がっしりした身体つきの黒人男性が一人いる他は、
みんな学生のようだった。

出発は慌しかった。停留所まで、ピートが車で送ってくれた。ヘイリーとチャドが、
ハーミテイジ・カフェまで見送りに来てくれた。

逸佳の予想に反して、ミニーは同情してくれた。ハンナのおばあさんとその仲間たち
は、変り者で有名なのだと言っていた。フレッドには会えなかった。店は夜まであかな
いし、電話をしてもでなかったからだ。フレッドには事情をよく説明して、かわりに謝
っておくとヘイリーが約束してくれた。そのヘイリーに贈るトルソーは、三十ドル以下
で必ず見つけるとチャドが請け合ってくれた。

そしてまた逸佳は移動している。アメリカを、高速道路の上を。逃げるが勝ち。ゆう
べチャドはそう言った。でも逸佳は完全に、ただ逃げるだけの気持ちだった。

「ホテルの匂い！」

廊下を歩きながら、礼那は言った。

「すごく静かだね」

床にはブルーグレイのじゅうたんが敷かれ、通りかかった部屋の戸口に、誰かが夕食

にとったらしいルームサービスの残骸がでていた。

「ホテルの静かさって、ホテルでしかあり得ない静かさだよね」

「だって、ホテルだもん」

いつかちゃんはそっけない。

「そうじゃなくて、れーなは静かさの種類の話をしてるんだよ」

午後三時十五分にナッシュヴィルをでたバスは、午後十時にセントルイスに到着した。夜になると窓の外は何も見えず、ガラスに自分の顔が映った。うしろの方の席から、誰かのいびきが聞こえた。

バスを降りたとき、礼那は「ミズーリ州に来た」と思った。小学校の教室の壁に貼ってあったアメリカ合衆国の地図で、ミズーリ州がピンクだったことも思いだした。でも夜だったので、道路と木立ちとビルしか見えず、つめたい空気の匂いしかしなくて、どんなところなのかはわからなかった。バスディーポの建物のなかは夜でも売店があいていて、蛍光灯が煌々とあかるく、それを見て礼那は、ヘイリーのアパートの台所の蛍光灯が切れかけていることを、チャドに教えてあげようといつかちゃんと話していた（のに忘れた）ことを思いだした。ヘイリーはまめじゃないから、チャドが換えてあげない限り、台所は当分あのままだろう。

チケットカウンターに幾つかあったホテルのパンフレットのなかから、いつかちゃんが一軒選んだのだけれど、行ってみると（歩いて十分くらいの場所にあった）、クレジットカードがないと泊れないと言われた。礼那は憤慨してしまった。だって、お金は持っているのに。しかも、それはいつかちゃんが、ちゃんと自分で働いて稼いだお金なのに――。小さなホテルだった。ロビーにはクリスマスツリーが飾ってあった。雰囲気がよさそうだったのに、ともかくそこには泊めてもらえず、でもフロントにいた女の人が、現金でも泊めてくれるはずだという近くのホテルを教えてくれた。それでここに来たのだった。ホテルに泊るのは随分ひさしぶりのことだ。でも、いつかちゃんがカードキーをさして部屋のドアをあけたとき、礼那は自分がこんなにほっとするとは思っていなかった。狭いし殺風景だけれど、自分たち二人だけの部屋――。

「ベッドだ！」

礼那は声をあげ、荷物をおろすと、クリーム色のカヴァーをひきはがした。白い、糊(のり)のきいた、清潔そうなシーツが現れる。

「夜景が見えるよ」

窓辺に立ったいつかちゃんが言った。

「結構都会なんだね。ビルがたくさんある」

礼那も窓辺に行き、いっしょに外を眺めた。

セントルイスに来ることにしたのは、この街に〝ゲートウェイ・アーチ〟というものがあるとチャドが教えてくれたからだ。それは、〝ここから西部〟というしるしのアーチなのだそうだ。あした、見に行くことに決めている。

「れーな、先にお風呂に入っていいよ」

フロントでもらった地図をひろげながらいつかちゃんが言い、礼那は喜んでそうすることにした。夕食はバスの途中休憩で買ったサンドイッチとコーヒーで済ませているし、お風呂に入れば、あとはベッドで寝るだけだ。

「あ。でも」

いったんバスルームに入り（バスルームも、今夜は二人だけのものだ。バスタブは黄ばんでいるし、鏡の縁が欠けていたりもして、ちょっと寒々しい空間ではあるにしても）、蛇口をひねってお湯をだした礼那は、部屋にひき返していつかちゃんに言った。

「その前に、無事ついたこと、ヘイリーに電話した方がよくない？」

そうだった、といつかちゃんはこたえ、すぐに携帯電話をとりだした。

最初に礼那が話した。ヘイリーは電話を喜んでくれて、マイケル手製のヒッチハイク用ボード（もうヒッチハイクはしないといつかちゃんが決め、ヘイリーが欲しいと言ったので置いてきた）は、寝室の壁に飾ったと言った。使うためではなく、飾りとして気に入ったのだったらしい。周囲が騒々しいのはライヴハウスにいるからで、ちょうど、ステージを一つ終えたところなのだと言った（チャドやデニスがかわるがわる電話口にでて、「ハイ、レーナ」と挨拶してくれた)。

いつかちゃんにかわると、いつかちゃんもヘイリーに、礼那が言ったのとおなじことを言った。無事にセントルイスについたこと、ヘイリーやピートに感謝していること。

ホテルの部屋の静かさが、礼那には奇妙に思えた。電話の向うは賑やかなのに。ヘイリーたちがいまいる街に、礼那たちもきょうの午後までいたのに。

バンドメンバーの誰か(ヘイリーでもチャドでもないことは、いつかちゃんの口調でわかった)が、何かを教えてくれているらしく、いつかちゃんは地図を見ながら、「はい、わかります」とか、「それはマーケットストリートよりも北側ですか?」とか言っている。

一度だけ夜に一人で歩いたことのある、ナッシュヴィルのブロードウェイを礼那は心に思い浮かべる。たくさんのライヴハウス、色とりどりのネオンサイン、道にはみだして聞こえる音楽、門番みたいな男の人たち。ガラスごしに見えたステージ、吸殻だらけの舗道、そこにまかれていた、雪みたいな凍結防止剤。その場所が、いまこの瞬間にもそこに存在していることが不思議だった。自分たちがいまそこにいないことも。

「切ってもいい? それとももう一回かわる?」

いつかちゃんに訊かれ、礼那は切っていいとこたえた。急いでバスルームに行って、お湯の量と温度をたしかめる。これ以上ヘイリーたちの声を聞いたら、ナッシュヴィルに戻りたくなりそうだった。というより、すでにそういう気持ちがしていて、礼那の考えでは、それは困ることなのだった。お湯を止め、お風呂に入るしたくをする。湯気の匂いや清潔なバスローブや、自分の洗面用具ポーチのいちご柄といった、目の前にあるものに意識を集中させた。服を脱ぎ、髪をお風呂用のヘアピンでまとめて、礼那は温かなお湯につかる。

朝八時に目をさました逸佳は、まずカーテンをあけた。くたびれたじゅうたんに日があたって、埃くさい匂いが立った。リュックからペットボトルの水をだしてのむ。身体のすみずみまで水分と一日の新しさが行き渡った気がした。自分が空腹なことに気づき、その空腹を気持ちがいいと思った。地図を眺め、自分たちがいまいるダウンタウンの、だいたいの地理が頭に入っていることを確認すると、礼那を起こした。声をかけ、肩をつつき、布団の上から身体を軽くたたく。それから着替えて、洗面を済ませた。済ませても礼那が寝ていたので、逸佳は勢いよく布団をはいだ。

「うえー。寒いよ。もうちょっと寝たい」

礼那はうめき、横向きになって身体をまるめたが、ふいに目をあけ、ややあって、

「そうだった。れーなたち、セントルイスにいるんだった」

と言った。

「そのとおり。ここはミズーリ州セントルイスです」

逸佳は応じ、従妹がベッドからでるのを待った。

ミズーリ州セントルイスは、ビジネスマンたちの街であるらしかった。大きなビルが建ちならび、歩いているのはスーツ姿の男女ばかりだ。みんな、ブリーフケースや新聞や、紙コップ入りのコーヒーを手にしている。そのせいか、イヤフォンとマイクを使って電話をしながら歩いている人が多くて、逸佳は驚いた。一人で喋る、クレイジーな人みたいに見えたからだ。

「まぶしい街だね」

礼那が言い、目を細める。高層ビルの窓に反射した日ざしが、確かにまぶしいのだった。

最初に目に入った屋台でホットドッグを買い、歩きながらたべて朝食にした。寒い戸外で温かいものをたべると、たべたものの大きさ分の温かさが、喉を通って胃に落ちるのがはっきりわかる。薄紙ごしに、やわらかなパンの感触が指先に伝わるのも嬉しく、逸佳はこの朝食に満足した。

「見て、いつかちゃん」

礼那が指さしたのは、〝SNOW ROUTE〟と書かれた青い標識で、雪だるまの絵がついていた。

「かわいいね」

唇にケチャップとマスタードをつけた礼那が言う。あんたの方がかわいいよ。そう思ったが言わずにおいた。

「スノウ・ルートって何かな」

尋ねると、

「わかんないけど、雪の日でもこの道は除雪されますっていう意味じゃない？　きっと、雪だるまが除雪してくれるんだよ」

という返事だった。標識のなかの雪だるまはシルクハットをかぶり、衿巻をして、シャベルのようなものをかついでいた。

ゲートウェイ・アーチの場所はすぐにわかった。街のあちこちに、〝アーチはこちら〟という矢印がでていたからで、地図を頭にたたき込んだ逸佳としては、ちょっと拍子抜けした。

「きれい！」

遠くにそれが見えたとき、先に叫んだのは礼那だった。

「金属でできた虹みたい！」

まったくそのとおりだった。青すぎるような冬空を背景に、アーチは日を浴びて銀色に光っている。最初は上の方しか見えなかったが、近づくにつれ、すこしずつ下まで見えるようになり、ビルがとぎれて長細い公園のような場所につくと、公園のつきあたり、ミシシッピー川の手前に、その堂々とした全体が現れた。

立ちどまり、逸佳は目を奪われる。こんなに美しいなんて予想外だった。観光名所というものに、逸佳はそもそも興味がない。西部への入口だというだけの理由で来たのだったが、でもこれは、ちょっとびっくりするくらい、逸佳好みの美しさなのだった。無駄のなさも、色味のそっけなさも、触ったら手が切れそうな、こわいほどシャープな見かけも。風のつめたさも忘れて、逸佳は見入った。

「ここから西部！」

礼那が叫んで駆けだす。

アーチをくぐると目の前が川で、川の向うはイリノイ州だ。ここセントルイスから西部が始まる、というこれは宣言のアーチなのだった。川ぞいの舗道に、観光用の馬車が停まっている。けれど逸佳と礼那以外に、観光客の姿はなかった。

「風、強いね」

髪をなびかせながら礼那が言った。

ホットドッグをたべたばかりだというのに、川ぞいの道にファネルケーキの屋台を見つけると、礼那はたべると言い張った。

「だって、ファネルケーキだよ？　ファネルケーキを売ってるところはすくないから、見つけたらたべなきゃ」

そのひらべったい揚げ菓子は、礼那の好物なのだった。

「どこから来たの？」

こってりした色合いの油でお菓子を揚げながら、おばさんが訊く。

「ジャパン」

逸佳はこたえた。

「トーキョー？」

「イエス。トーキョー」

おばさんは毛糸の帽子をかぶり、ダウンジャケットでころころに着ぶくれた上に衿巻も巻いていたが、それでも寒さに顔を赤くしていた（それとも暑さにだろうか。うしろにドラム缶のたき火があり、前に煮立った油があるから？）。たき火のまわりには椅子が三つ置かれていて、一つにおじさんが、もう一つにおばあさんが坐っている。おばあさんは膝掛けをかけ、おじさんは、膝の上に小型金庫をのせていた。

「観光？」

「イエス」

逸佳がこたえるとまができて、それからおばさんは、

「珍しいわね、こんなところに観光に来るなんて」

と言った。でも、ここは観光名所なのでは？　そう思ったが口にはださず、逸佳はただ、

「そうですか？」

とだけ言った。

「そうよ。だってここには何もないんだから。このろくでもないアーチ以外には何も」

怒っているような口調だった。逸佳は返事ができなくなる。

「カジノもあって、観光客はカジノが好きみたいだけど、それはあんたたちには関係なさそうだしね」

紙皿にのせられた揚げ菓子に粉砂糖をふるのはおばあさんの役目で、お金を受け取り、おつりを返してくれるのはおじさんの役目だった。

そのあとは一日、街を歩いた。おばさんは「何もない」と言ったけれど、博物館ではバッファローやコヨーテの剥製が見られたし、植物園には日本庭園があった。ファネルケーキのせいで胸やけすると礼那が言ったので、お昼は抜き、だからたっぷり時間があった。夕方近くに、植物園（広大で、日本庭園以外にも、熱帯雨林を再現した温室とか、ローズガーデンとかがあった）の一角に公衆電話を見つけた逸佳は、家に電話をするよう礼那に言った。ナッシュヴィルを離れるときにかけるつもりでいたのだが、ばたばたして、何もかもがあまりにも慌しく、すっかり忘れていたのだった。

「電話？　いま？」

礼那は気が進まないようだった。

「そう、いま。ちょうど小銭がいっぱいあるし」

午後四時。ということは、ニューヨークは午後五時だ。たぶん、叔母は家にいるだろう。三台ならんで設置された公衆電話が、かけて、と言っているように逸佳には思えた。

が、

「かけたくない」

と、礼那は言った。

「かけても、すぐ帰れって言われるだけだもん」

ふくれっつらをする。

「すぐ帰れって言われてもまだ帰れないんだし、正直にそう言っても怒られるだけだし」

それに、と、礼那は続けた。

「書きためた葉書をきのう全部だしたから、れーなたちが元気なことは伝わるはずだし」

夕方の日ざしは薄く弱く、風がつめたい。朝にはあんなに青かった空も、いつのまにか白に近い水色に褪色（たいしょく）していた。

「それはそうかもしれないけど、かけた方がいいんじゃないのかなあ」

逸佳が言うと、

「じゃあ、いつかちゃんがかけてよ」

と言い返された。

「れーなばっかり怒られるなんて不公平だよ」

挑むような表情でにらまれ、逸佳は動揺する。こんな事態は予想外だ。心配しているのみならず、叔父も叔母もとりわけ自分に対して腹を立てている（年上だし、いわば主犯格なのだ）はずで、そう思うと、話したいとは言い難かった。でも、「れーなばっかり怒られる」のは、確かに不公平だ。

逸佳は肩をすくめた。

「いいよ。じゃあ、私がかける」

問題は、怒られるかどうかではない。無事を伝えられればそれでいいのだ。

財布から二十五セント硬貨を選(え)り分けてとりだし、公衆電話の受話器をあげる。

「れーなはでないけど、元気だって言ってね」

小声で言い、礼那は遠くに離れてしまう。

無論、普段の新太郎は家族のプライヴァシーを尊重している。主(あるじ)なき娘の部屋に、ごくたまに足を踏み入れることはあっても、それはあくまでもちょっとした感傷（留学し、一時的にとはいえ親元を離れるほど大きくなったのだと考えてしみじみするとか、整理整頓できていることに感心するとか、聞いたこともない名前のアーティストのＣＤ――逸佳はそれらを本棚の一角にならべている――を興味深く眺めるとか）のためであり、娘のものに手を触れたり、ひきだしや戸棚をあけたりはしない。だからこれまで、（妻あてはもちろん）娘あての郵便物を、勝手に開封したことは一度もない。が、しかし、娘の居場所がわからず、連絡も途絶えているいまは〝普段〟ではない。

曇り空のこの土曜日、妻に封筒を見せられた新太郎は、ほとんどためらわなかった。ほんのすこし、ためらいに似たものが兆したのだが、それは気の咎めから来るものではなくむしろ軽い不快感から来る、見たくない気持ちであるように思われ、というのも、たったいま配達されたというそのエアメイルの差出人は、マーク・オパリジオという名の男性なのだ。

「マーク・オパリジオ」

新太郎は声にだして読み、ハサミを手にとった。

「住所は、オクラホマ州ロートン」

オクラホマ州ロートン、と、妻がくり返す。

「あの子たち、そこにいるのかしら」

妻の声音には、はしゃいだような響きがあった。

「もしあの子たちがそこにいるのなら、こいつがここに手紙を送ってくるのは変だろう」

新太郎はこたえる。

「でも、じゃあ、きっと最近までいたのね、そこに」

娘たちの居場所に関して、何らかの手掛りがほしいのだろう、妻はその考えに固執した。

封筒の中身は大判の、ありふれたクリスマスカードだった。表紙には赤いポインセチアと、印刷された〝メリークリスマス〟の文字、なかにもおなじく印刷された文字で〝ベストウィッシズ〟とあり、わずかに添えられた手書きの文言は、〝写真、遅くなってごめん。オクラホマに来ることがあったら寄ってください。リビーがよろしくって。マーク〟と読めた。

新太郎も妻も、無言で写真を見つめた。船のデッキだろう、背景は海で、空が青い。揃いの、見馴れないナイロンコート（逸佳のそれは、どう見ても大きすぎるが）を着た二人が写っている。逸佳に身を寄せ、ピースサインをだしている礼那は笑顔だが、逸佳は、まぶしいのか眉根にしわを寄せ、困惑ぎみの仏頂面で、ただ立っている。その、いかにもあの子らしい表情と様子に、新太郎は思いがけず切なさのようなものを感じた。

時間を止めることはできず、娘の現在をとどめ置くこともできない。

「いい写真」

ピントが甘いし構図もまるで考えられていないが、嬉しそうに妻は言った。

「冷蔵庫に貼っておくわね」

と、歌うように。

礼那は〝どよん〟としていた。〝どよん〟としか言いようのないものが、身体のなか、胸のあたりに居すわっている。レストランはお洒落で、料理も悪くないのに――。

「何か喋って」

無言でたべているいつかちゃんに言うと、

「何を？」

と訊き返された。テーブルに置かれた小さなガラス器のなかで、キャンドルの火が揺れている。

「何でもいいから」

礼那は言い、

「あ、でも、ママのこと以外」

とつけ足した。それはもう、さっき散々聞いたのだ。理生那ちゃんショックを受けてたよ、とか、声が必死だった、とか。

夕方、植物園からいつかちゃんがかけた電話にでなかったのは、でたら悲しくなりそうだったからで、でも、でなかったら〝どよん〟となってしまった。悲しくなるのと〝どよん〟となるのとどっちがいやかといえば、断然〝どよん〟の方なのだった。悲しみは説明がつくけれど、〝どよん〟は説明がつかない。悲しみは、いつか(たとえば旅が終って家に帰れば)解決すると思えるけれど、〝どよん〟は思えない。

「やっぱり、電話しない方がよかったんだよ」

それでそう言ったのだけれど、いつかちゃんは目をぎょろっと見ひらいてみせただけだった。

「れーなはもう、旅が終るまで家に電話はしないよ」

礼那は言い、言った途端にそう決める。

「いつかちゃんとおなじように葉書だけだす」

決めてしまうと気が楽になった。最初からそうすべきだったのだと思った。

「ほんとうに?」

尋ねられ、

「ほんとうに」

と自信を持ってうなずく。それから、

「チキンポットパイ、一口ちょうだい」

と言った。いつかちゃんのたべているそれが、急においしそうに見えたのだ。

「まあ、れーながそれでいいならいいけど」

いつかちゃんはこたえ、料理をとりかえてくれた。


これまで、年末年始はいつも帰国していた。兄一家も東京から帰省するので、実家の、賑やかな恒例行事になっている。が、もちろん今年は帰るわけにいかない。隣家のガレージで、段ボール箱から球根をとりだし、三つ一組にして小袋に詰める作業をしながら理生那はアリスに説明する。娘たちがいつ戻ってくるのかわからないのだし、戻ったとき、家に誰もいないという事態にはしたくないから、と。

「ええ、よくわかるわ」

アリスは言い、

「でも、あなたたちには隣人がいるっていうことも忘れないでね」

と続ける。もし帰国しても、留守宅はちゃんとあずかる、という意味だ。アリスとエドワードはほんとうに親切な隣人で、アメリカに来てからの日々、理生那はたびたび助けられてきた。

「娘さんたちとの時間より、ご両親との時間の方が残りすくないんだから、帰ってあげたら?」

残りすくないという言葉にどきりとしたが、アリスは事実を口にしただけだ。この女性の率直さを潤は苦手にしているが、理生那はやすらかだと思う。アリスの発言には裏表がないし、忌憚もない。

「ありがとう。でももう決めたことだから」

理生那は言い、ぬるくなったコーヒーを啜る。

「このあいだ、娘たちから電話があったの」

そして報告した。

「どこにいるかも、いつ帰るかも言わなかったんだけど、二人とも元気だって言ってた」

礼那は電話口にでてこなかった。かわってほしいと頼んだし、逸佳が礼那を呼ぶ声も聞こえたのに(ということは、礼那は近くにいたのだ)。

「よかった」

アリスは微笑む。

「それで十分じゃないの」

自分でも驚いたことに、ほんとうにそうだと理生那は思う。逸佳は、礼那がなぜだか電話にでたがらないのだと言った。具合が悪いわけでは決してないし、たぶん叱られたくないだけだと思う、とも。

　次に娘から電話がかかったときには、叱らずに話そうと理生那は決めている。元気ならいいのよ。そう言おうと決めている。潤が知ったら激怒するだろうが。

　ガレージには大きなヒーターが設置されているので暖かく、車以外のものならたいてい何でも揃っている。作業用テーブル、ラジオ、フロアランプ、カウチ、冷蔵庫。エドワードが組み立てた金属製の棚には雑多な品々（バケツやスコップ、軍手、工具、古新聞の束、殺虫剤、ゴムホース、長靴、スニーカー、キャンプ用品など）がならび、他にも、おそらく子供たちがいた日々の名残りだと思われるスケートボードや額入りのポスター、何が入っているのかわからない段ボール箱などがあちこちに置かれていて、雑然としてはいるのだが、こうしてアリスと作業をするとき、理生那はこの家の居間よりもガレージの方が落着く。室内とも室外とも言える空間、そこに他人を招じ入れるアリスの気取りのなさ。

「ご主人の立ちあげたサイトはどう？　レイナたちの情報、何かあった？」

　尋ねられ、理生那は、

「いいえ、あんまり」

　とこたえる。ありがたいことに、アリスはそれ以上質問をしなかった。

　夫の立ちあげたサイトには、初日から、驚くほどたくさんの反応があった。ほとんどはただの意見――潤と理生那への同情や励まし、非難、自分の体験談、子育てについてのアドヴァイス、娘たちの容姿に対する感想、意味不明のたわごと――だが、目撃情報（フィラデルフィアの動物園にいた、ヨセミテ国立公園にいた、近所の日本食レストランで働いている〝ミカ〟という少女が、二人のうちのどちらかだと思う）も、あることはあった。そのたびに潤は希望を抱き、相手と連絡を取り合うのだが、いまのところ、失望するか腹を立てるかに終っている。サイトの管理者がふるいにかけてくれているので、悪意のあるものは読まずに済んでいるのだが、悪意のないものに目を通すだけでも理生那は毎回消耗する。そこで問題にされている娘たちは、礼那とも逸佳ともまるで無関係な、いわば架空の存在だとしか思えなかった。

「これ、大丈夫かしら」

他のものよりも目立って小さく、表皮が白く乾いているように見える球根をつまんで理生那が訊くと、アリスは口をへの字にしたあとで、いいから入れちゃいなさい、という仕種をする。理生那はすこし考えて、言われたとおり袋に入れる。

三つ一組の球根（クロッカスとチューリップ、それにヒヤシンス）は、一月六日の主の公現の日に、教会で配ることになっている。信者がそれぞれ自宅で育てて花を咲かせ、また教会に持ち寄って、四旬節のあいだ飾る予定だ。もし不良品がまざっているのだとしたら、それもまた神の思召（おぼしめし）だろう。

「球根！」
ふいに気づき、理生那はつい声にだした。球根もまた、Uを含んだ単語なのだった。

新年はカンザスシティで迎えた。モーテル（グレイハウンドのバスディーポから徒歩五分。すごく目立つアーチ形の看板と、その横に一本だけ植えられたヤシの木。モーテルという場所に泊ったのははじめてで、車のない旅行者は泊めてくれないのではないかと心配だったのだけれど、そんなことはなかった）の部屋で、いつかちゃんと二人でテレビを観ながら年越しをした（テレビには、アメリカのあちこちの街が映り、花火とか、バーで酔っ払っている人とか、夫のお墓参りをするおばあさんとか、犬を八頭飼っているホームレスのおじさんとかがでてきた）。

カンザスシティにはけっこう長居をしたのだが、着いてすぐ、礼那はこの街を嘘カンザスと命名した。カンザスシティという名前なのだからカンザス州にあってしかるべきだと思うのに、セントルイスとおなじミズーリ州にあったからだ。『オズの魔法使い』の舞台に行かれると思ってわくわくしていた礼那としては、がっかりだった。でも、結局のところ、礼那はその嘘カンザスが、大いに気に入ったのだった。

本物の（！）カンザス州に向うバスのなかで、こうして日記を書きながら、「また行きたいな」とか、「あのメトロバス、よかったね」とか、思いだして呟いてはいつかちゃんに笑われている。「嘘カンザスとか言ってたくせに」と。でも、ほんとうにいい街だったのだ。冬だというのにあちこちで噴水が噴きだしていたのがまずおもしろかったし、〝MAX〟という名前のバスに乗れば、行きたいところにたいてい行くことができた(車内に電光式の停留所表示つき地図があり、いまどのへんを走っているのか、どこで降りればいいのか、わかるのも便利だった)。

それはひさしぶりの感覚だった。誰も知り合いのいない街に、二人きりでいるというのは。

「モーテルもおもしろかったね」

礼那は言った。

「サラもリーも、最初は恐い感じだったけど」

サラとリーはモーテルを経営している夫婦で、ハロー、と礼那が挨拶をしても、最初は返事をしてくれなかった。それでも毎日、部屋を出入りするたびに挨拶をしていたら、サラは小さく手をふってくれるようになり、リーは無言でうなずいてくれるようになった。

「モーテルは、前金制なのがいいよね」

いつかちゃんが言う。

「先にお金を払ってあるから、宿代を踏み倒して逃げるんじゃないかと疑われているんじゃないかって、心配しなくて済むもん」

「えーっ、なにそれ」

礼那は驚いてしまう。

「いつかちゃん、そんなこと心配してたの？」

「だって、クレジットカードを持っていないと、こっちではあんまり信用してもらえないみたいだから」

「ばっかばかしい」

礼那は語気強く言った。

「れーなもいつかちゃんも、宿代を踏み倒したりなんて絶対にしないじゃん。れーなもいつかちゃんもそのことを知ってるんだから、心配する必要なんてないよ」

いつかちゃんは黙り、心細そうな顔で窓の外を見る。

「もし疑う人がいたら、その人が悪いのであって、れーなたちが悪いわけじゃないよ」

どういうわけか、従姉に腹が立った。

「いつかちゃん、へんなことを気にするんだね」

雪の舞う高速道路を、バスはひた走っている。

カンザス州ウィチタに着いたとき、礼那は寝てしまっていた。カンザスシティで買ったうさぎのぬいぐるみ——六十七ドルは痛い出費だったが、一目で気に入り、ぬいぐるみを食い入るように見つめたままその場から動けなくなってしまった礼那を見たら、だめとは言えなかった——を腕に抱いている。

雪はもう止んでいた。空気は呼吸が浅くなるほどつめたく、寒さと排気ガスの匂いから逃げるようにして、停留所の建物のなかに飛び込んだ。トイレを使い、無料の地図やパンフレットを物色する。

「オールド・カウタウン・ミュージアムっていうものがあるよ」

パンフレットの一つを手に取り、逸佳は言った。

「昔の街が再現されているみたい。ちょっとおもしろそうかも」

表紙には、まるで西部劇の一場面のような写真が載っている。

「この街にも地下鉄は走ってないんだね」

市街図の前に立ち、礼那が言う。

「地下鉄の走っていない街があるなんて、旅にでるまでれーなは知らなかったよ」

「だって、岡山にも走ってないじゃん」

逸佳は思いださせる。

「そうなの？」

礼那は不思議そうな顔をして、

「知らなかった」

と言った。

「あるとばっかり思ってたよ」

と。

ダウンタウンの中心に近い場所に、空き室のあるホテルが見つかった（一泊八十九ドル）。ロビーには芳香剤の匂いが立ちこめていたが、客室はそうではなかったので逸佳はほっとした。芳香剤とかポプリとか、お香とか香りつきキャンドルとかの匂いが逸佳は好きではなく、長時間かいでいると気持ちが悪くなるのだ。

「なんかさ、れーなたち、高級ホテルじゃないホテルに泊り慣れてきてうれしいね」

エレベーターのなかで礼那が言った。

「うれしいの？」

皮肉なのか不満なのかわからずに訊き返すと、

「うれしいよ」

という弾んだ声と共に、満面の笑みが返った。

ウイチタのダウンタウンは、驚くほど侘しかった。店がそもそもすくなく、その数すくない店も、のきなみ閉まっている。午後四時だというのに、歩いている人の姿もない。

「なんで無人？」

礼那は言い、

「でもおもしろいね」

と言ってくすくす笑った。

「SF映画とかにあるでしょ、住民がみんな宇宙人にさらわれたり、へんな力で眠らされたりして誰もいない街。あれみたいだね」

「一月だからね」

逸佳は言い、

「川に行ってみる？」

と訊いた。ナッシュヴィルにもセントルイスにもあったように、この街にも大きな川があるのだ。

「いいよ。なんていう川？」

「アーカンザス川」

こたえると、礼那はいきなり大声をだした。

「アー・カン・ザス・川！」

びっくりして立ちどまった逸佳に、

「だって、誰もいないから、大声だしても平気かなと思ったの」

と説明する。

「いつかちゃんもやってごらんよ。気持ちいいよ」

「いい。遠慮しておく」

逸佳はこたえ、川に向って、ひとけのない街を歩く。

「行こうー、アーカンザス川へー、行こうー、アーカンザス川へー」

でたらめな歌を歌いながらついてくる礼那は、あいかわらずうさぎのぬいぐるみを抱いている。


べつに灰色ではない、というのが、本物のカンザス州に来た礼那が最初に思ったことだった。ドロシーと小犬のトトが冒険をするあの本のなかで、カンザス州は、何もかも灰色だと描写されていて、礼那には、それがとても印象的だったのだ。家や木々や草や土ばかりか、叔母さんの頬まで灰色だと書かれていたから。

ウィチタに着いた日は、川を見ているあいだに暗くなってしまったので、あいているスーパーマーケットを探し（一軒だけ見つかった。小さめのスーパーマーケットだったけれど、リースチョコレートは置いてあった！）、サラダとサンドイッチを買って、ホテルで夜ごはんにした。

二日目も、街をぐるぐる歩いた（その結果、あいている中華料理店を一軒と、ダイナーを一軒見つけた。前の日とはべつのスーパーマーケットも）。あいている店はあっても、人がいない（店にはすこしいるのだけれど、外にはいない）ことに変りはなく、みんな、道を歩かずにどうやって店に行くのだろうと、礼那は不思議に思ってしまう。まるでワープでもしたみたいに、忽然とそこに出現しているのだ。一時間に一本しかない路線バスに乗ってみたときも、乗客は礼那たち二人だけだった。

そんなふうだったので、ウィチタ三日目となるきょう、いきなりたくさんの人を目にした礼那は驚いて、

「いつかちゃん、見て。人間」

と言ってしまった。いつかちゃんも驚いているようだった。

「ほんとだ、人間」

と呟いて、ただ立っている。雪が降ったり止んだりする寒いなかを五十分も歩いて（ホテルの人に訊いてみたのだけれど、車がなければ歩くしかないと言われたのだ）、二人はいま、オールド・カウタウン・ミュージアムに来たところだ。と言っても、他に観光客がいるわけではなく、ここにたくさんいる人間というのは、みんなここのスタッフなのだった。女の人たちはドレスを着て日傘（冬なのに！　ときどき雪が舞うのに！）をさし、男の人たちはカウボーイや農夫の服装をして、建物の前に立ったり荷車の上に坐ったりしている。入口でもらったパンフレットによると、ここは〝一八七〇年代のウィチタと近郊の町を再現した屋外博物館〟なのだった。

「どこから見る？」

いつかちゃんが動かないので礼那は訊いた。敷地内は幾つものエリアに分れていて、それぞれにテーマがあるらしい。

「ひえー」

いつかちゃんはへんな声をだす。

「こういうの、どうしていいかわからなくなる。だってさ、どう見てもお客よりスタッフの方が多いよ？　入場料、大人一人七ドル七十五セントで、この人たちやっていけるのかな」

礼那はぽかんとしてしまった。そんなこと、考えてもみなかった。いつかちゃんはときどき、ほんとうにへんなことを気にするのだ。

「いいから行こう」

礼那は言い、〝オールドタウン〟のエリアを目指す。すれちがったカウボーイ姿の男の人が、馬の上から、

「イピ、カイ、エーイ」

と、奇妙な掛け声を発した。

夕食は、二日続けて中華料理だった（礼那が、前日にたべた白いごはんをもう一度た

べたいと主張した）。逸佳がほっとしたことに、〝ポケッツ〟からも〝サード・フィドル〟からも、働いた時間分のお金がちゃんと振込まれていた。昼間、ミュージアムに行く途中で見つけた銀行のＡＴＭで確認したのだ。そして、でも、所持金が着々と減っていることに変りはなく、あとどのくらい旅を続けられるのかわからなかった。二週間か、ひと月か――。

夜、ホテルに戻ってから、礼那と二人でクリスに電話をかけた（最初の言葉は決めてあった。「どうしてるかなと思って電話をしたの」）。逸佳はクリスにゲートウェイ・アーチのことを話し（クリスはそれを見たことがないと言った）、礼那はクリスに、昼間行ったミュージアムについて――昔の農業のやり方や、決闘の流儀について教わったことなんかを――話した。クリスは二人からの電話を喜んでくれているようだった。あいかわらず穏やかな声と口調で、逸佳はこの世に電話というものがあってほんとうによかったと思った。特別なことを話すわけではなくても、クリスがそこに「いる」ことを確かめられた。

旅が終ったら――。電話を切り、サービスとして部屋に用意されているインスタントのホットチョコレートをのみながら、逸佳ははじめて具体的に想像する。旅が終ったらクリスに会いに行って、もっといろいろなことを話そう。どうしてるかなと思って、様子を見に来たの。そう言ったら、クリスはたぶん肩をすくめて、オーケイ、と、ぼんやりした口調で言うだろう。とくに嬉しくはないが、迷惑でもないという口調で。

フィットネスジムはビルの二階にあり、奥の壁がガラス張りなので、雪まじりの街路がよく見える。傘をさしている人、さしていない人、正面の貴金属店、その隣のゼイバーズ、赤く滲むことと緑色に滲むことをひたすらくり返している信号機。ランニングマシンの上で脚を交互に前にだしながら、潤はそれらをぼんやりと視界に入れている。大型バス、イエローキャブ、さまざまなタイプの、しかしどれも平凡な自家用車。外の景色は単調で平穏そのものだ。そこには何の問題もなく、街がきちんと機能している。

ジムにいる人間は、男も女もほとんどが無言で、自分の身体をしかるべき状況に追い込むことに集中している。隣のマシンに乗った男性の息遣いが荒いが、それはこの場の静けさを妨げるものではなく、むしろ支えるものだ。絶えまのない機械音も、ときどき誰かがあげる、妙に大きなうめき声も。

潤はジムに友人を持っていない。通い始めて三年以上になるが、数人の顔見知りと目礼を交わす程度で、誰かと名前を呼び合ったり、世間話をしたりすることはない。だから潤は、ここにいると気が楽だった。娘について訊かれることも、妻について訊かれることも、仕事について訊かれることもない。国籍すら、ここでは問われることがないのだ。互いに相手に無関心であるということが、潤には貴重だった。何の問題もないというふりができる。

もし訊かれたら――。マシンの速度を下げ、心拍数を落着かせようとしながら潤は想像する。この場所でもし訊かれたら、自分は独身だとこたえるだろう。独身で、子供もなく、だから自分の心身および経済状態以外に思いわずらうことのない身なのだと。職業は――。何か会社員ではないものがいい。飲食店経営者とか、コミックブックの作者とか。

空想は愉快だった。そういう人生だってあり得たはずなのだ。たまたまそうはならなかっただけで――。

シャワーを浴び、着替えてジムをでた。誰にも何も訊かれなかったし、だからもちろん嘘をこたえもしなかったのに、潤は自分が演技をしているように感じた。独身で、自由業で、何も問題のない男の演技だ。顔にぶつかってくる雪をものともせず、駐車場まで軽快に歩いた。悩みのない男ならそうするだろうと思われるふうに。

けれどそれも、運転席に坐り、サイトのチェックをするまでだった。画面をタップし、現れた文字を追う。立ちあげたときには対処しきれないほどあった書き込みは、あっというまに数が減り、いまではゼロの日すらあった。寄せられるのは情報ではなく声にすぎず、同情や助言のそれは、どれもこれもいまいましいゴミだった。

きのう、礼那の留年が決定した。たとえ礼那がきょう帰ってきて、月曜日から一日も休まずに学校に通ったとしても、秋からの新学期はまたおなじ学年になる。クラスメイトたちがみんな先へ進むなか、一人ぽつんと置いてきぼりにされる。

潤に理解できないのは、それを報告したときの理生那が、あきらかにほっとしているようだったことだ。

「宙ぶらりんよりさっぱりするわ」

そう口にだしさえした。

娘から届いた葉書のせいかもしれなかった。六枚一度に届いたそれは、イラストつきあり、たべたものの報告ありの、反省とは無縁の内容だったが、それでも無事らしいことだけはわかった。

「元気ならいいじゃないの」

理生那はそうも言った。微笑さえ浮かべて。

ああほうねだ。自宅に向って車を走らせながら、潤は胸の内で毒づく。ああほうねは、理生那の郷里の方言であり、潤の考えでは、あの家族の基本姿勢だ。ずっと昔、婚約者として潤が紹介されたときに、理生那の母親が口にした言葉がそれだったし、妊娠や出産、転勤といった重大事を報告するたびに、家族の誰もがその言葉を口にした。呆れるほど呑気(のんき)に。一度、向うの家で潤が腹をこわしたことがあり、ふるまわれた料理のどれかのせいだったに違いないのに、夫が体調不良でしばらく横になっている、と娘に聞かされたときに母親が言った言葉も、「ああほうね」だった（ふすまがあいていたので、まる聞こえだった）。鷹揚といえば聞こえがいいが、要は思考の欠落だと潤は思う。あの家族はみんな、思考が欠落しているのだ。

フロントガラスにぶつかる雪が、激しさを増している。積もらないと天気予報では言っていたが、この調子で一晩降れば、あしたは一面真白だろう。アメリカの天気予報は日本のそれより正確だと潤は常々思い、信頼を寄せていたのだが、かいかぶりだったかもしれない。

葉書の消印は、六通ともナッシュヴィルになっていた（その街の正確な位置を知るために、理生那は譲の地図帳をひらいてみなければならなかった）。テネシー州ナッシュヴィル――。その街にもその州にも、理生那は行ったことがない。この先、行くことがあるとも思えなかった。そんな場所に、ほんとうにあの子たちがいる（あるいはいた）のだと考えることは、どこか現実離れしていた。でも、いた（あるいはいる）のだ。

フィットネスジムから帰ってきた潤は機嫌が悪かった。それを言えば、礼那がいなくなって以来、潤の機嫌がよかったためしはないのだったが。

「雪だ」

家に入るなり潤はまずそう言った。まるで、理生那にはそれがわかっていないかのよ

うに。洗うべき衣類の入ったスポーツバッグを理生那の足元に置き、

「譲は？」

と訊いた。

「ゲーム中よ」

理生那はこたえ、

「宿題はもう済ませたわ」

と、先回りしてつけ足した。最近突然、潤は譲の宿題に関心を持ち始めたのだ。パパが教えてやる。訊かれもしないうちから、しょっちゅうそう言っている。

「じゃあ予習をすればいい。復習でも」

靴下を脱ぎながら言った。

「ええ。でも夕食のあとにしてやって。一時間だけゲームをしていいっていう約束なの」

潤は呆れ顔をした。

「たかがゲームだろう」

「ええ。でも対戦相手のいるゲームで、だからミックのママとも話し合って、夕食前の一時間だけって決めたの」

理生那は靴下を拾い、スポーツバッグといっしょに洗面所に運ぼうとした。この話は

これでおしまいだと思ったからだ。

「どうしてよその家の都合に合せなきゃならないんだ？」

けれど潤はそう言った。

「父親が息子の勉強をみてやるのに、どうしてミックのママに遠慮しなきゃならない？」

驚きのあまり、理生那は一瞬呼吸を忘れた。

「そんなこと言ってないでしょう？」

この人には言葉が通じないのだ。これまでに、もう百回も思ったことをまた思い、ふいに疲労を感じた。

「よその家の都合じゃなくて、双方の家で話し合って決めたのよ？」

「俺は話し合っていない」

理生那は呆れた。

「どうしてそんな子供じみたことを言うの？」

口論自体のばかばかしさに、あやうく笑いだしそうになった。実際に笑ったのだったかもしれない。潤が激昂したのだから。

どっちが子供じみているんだと潤は怒鳴り、理生那の手からスポーツバッグをひったくって壁に投げつけた。びくりとして立ちすくんだ理生那を見て、紅潮した顔に薄く笑みを浮かべた。ぞっとするようなそれは笑みで、理生那は咄嗟に見なかったことにした。見なかったことにしなければ、この人のそばにはもういられなくなる。絶望的な確かさでそう思った。

あの一瞬は――。にんにくを巻き込み、糸でしばった鶏もも肉をダッチオーヴンにならべながら、理生那は記憶を検分する。あの一瞬は、正しい理解の一瞬だった。何かがすとんと腑に落ちるような感覚があった。ずっとわかっていたことだ。認めまいとしていただけで。自分は潤を信頼していない。これまで一度も信頼したことがなかったし、これからもそうだろう。理生那はやすらかな気持ちで野菜を刻む。しばらく忘れていたのだが、何かを正しく理解することは、理生那には昔から、とてもやすらかなことなのだった。

バスのなかは暖かく、暑いと言ってもいいくらいだった。目がさめた礼那はひどく喉が渇いていて（それとも逆だろうか。喉が渇いたから目をさました？）、布の袋を手探りして水を探した。真夜中の車内は静かだ。小さな灯りをつけて本を読んでいる人もいることはいるが、ほとんどの人は眠っていることが、空気の澱み方でわかる。そこらじゅうに漂っている無音の寝息や、ふいに聞こえる吸い込みいびき、断続的に発生する吐きいびきなんかを聞くまでもなく。

礼那自身にもまだ、夢の余韻が残っていた。喉さえこんなに渇いていなければ、すぐにもまた眠りに戻れそうだった。夢のなかで、礼那は犬を散歩させていた。最初、それはミセスパターソンの愛犬のグルマンだったのだが、そのうちに違う犬になり、あれ？と思っているうちに大型犬になり、でも、夢のなかの礼那はそのことをさほど不思議にも思わず、散歩を続けた。火事に遭遇し、消防自動車を見た。ホースを手に、懸命に消火しているその消防士たちは、でもみんなミニチュアの人形で、礼那と大型犬が近づくと、風圧でぱたぱた倒れてしまうのだった。夢にはまだ続きがあり、いつかちゃんとハンナのおばあちゃんがでてきたような気がするのだが、どんな展開だったのかは思いだせない。

「あけようか？」

いきなり声がして、礼那は身がすくむほど驚いたのだが、喋ったのは通路をはさんで隣の席に坐っている男の人で、さっきから礼那があけようとしている、ペットボトル入りの水のことを言っているのだった。

「大丈夫です、自分でできます」

礼那はこたえ、たぶん抱いているぬいぐるみのせいで、この人の目には自分が実際よりずっと幼く見えているのだろうと想像した。

「すぐに（Soon）」

とつけ足したのは、男の人がまだ礼那の手元を見ていたからで、礼那としては、起きたばかりのときは手に上手に力が入らない、という言い訳をしたくなかったのだ。

「すぐに？」

男の人は訊き返した。

「すぐにって、どういう意味？」

三十歳くらいだろうか、白人で、すこし太目の中肉中背、もこもこしたボンバージャケットは脱いで隣に置いてあり、長袖のTシャツとアーミーパンツという服装をしている。そして、男性が肌につける類の化粧品の匂いがした。

「もうすこししたらっていう意味です」

礼那はこたえ、にっこりしてみせた。ちゃんとした（というのはつまり、自分のことは自分でできる）大人なら、そうするだろうと思われるふうに。

礼那の返事の数秒後に、男の人は、

「もちろん(Sure)」

とこたえて微笑むと、読書に戻った。シュア？　礼那は不思議に思った。この人はいま、何に対してシュアと言ったのだろう。

車内は暗く、窓の外はもっと暗い。二本のライン状の青い常夜灯が、運転席までまっすぐにのびた通路の床近くで光っている。

すこしすると、ペットボトルのふたは（礼那自身の言ったとおり）すぐにあいた。常温の水を、礼那はながながとのんだ。とても喉が渇いていたのだ（ペットボトルを口から離したとき、隣の男の人は「おめでとう(You made it)」と言って、礼那をきまり悪くさせた）。

夢の余韻は消えていた。礼那は振動するバスのなか、いつかちゃんの隣に坐っていて、アイオワ州デモインから、アーカンソー州リトルロックに移動しているところだ。二度の乗り換えをはさんで、全部で十二時間。夜中に移動すればホテル代がかからない、といういつかちゃんの発案で、ウィチタからデモインも深夜バスで移動した。

デモインは雪が降っていた。あまりにも降りすぎていて、外を歩く人はいなかった（ウィチタでもそうだった。雪はちらつく程度だったけれど、でもたぶん寒すぎて、誰も歩いていなかった）。なんとかファームという屋外博物館（ウィチタにも、似たような施設があった）を見学したけれど、他に何をしていいかわからず（それに寒すぎて）、結局、その夜にはまたバスに乗って移動することにしたのだった。昔の人の服とか、農業のやり方とか、動物の剝製とかはもう十分見た、と礼那もいつかちゃんも判断したのだ。いつかちゃんがデモインで新しく買ったガイドブックによると、リトルロックには、イギリスのB&Bに範をとった、手頃な値段で泊れるホテルが一軒あるらしい。

「一つどう？」

いきなりまた声がして、目の前にオレンジが一つつきだされた。咄嗟に受け取ってしまったが、日本のみかんならともかくアメリカのオレンジは、（礼那の考えでは）ナイフがないとむけない。

「ありがとう。あとでたべます」

それで、そう断って布の袋にしまった。男の人は、そのことには頓着せず、いつかちゃんを目で示して、

「きみのお姉さん、よく眠ってるね」

と言った。ナイフもなしにオレンジをむき、房とは無関係にざっくり割って口に入れる。たちまち甘い匂いが立った。果汁と果肉の、そして果皮の。

「彼女は私の姉じゃなくて従姉なの」

礼那は訂正した。

「へえ、従姉か」

男の人の指先から、果汁がぽたぽたしたたった。大きくひらいて坐った膝のあいだを通ってバスの床に。礼那はウェットティッシュをだして、一枚渡した。

「サンクス」

男の人は言って受けとり、口元を拭う。

「てっきりお姉さんかと思ったよ」

そして言った。

「俺にも姉が一人いてね、彼女の旦那が死んじゃったんだ、急にね」

言いながらもオレンジをたべ続けているので、男の人の声はちょっと不明瞭だった。

「それが、俺がリトルロックに行く理由。きみたちが行く理由は？」

尋ねられ、礼那はただ旅をしているのだとこたえた。それが「リトルロックに行く理由」になるかどうかはわからなかったけれども。

「ただ旅をしている」

男の人はくり返した。一つ目のオレンジをたべ終え、二つ目をむき始めている。

「それはいいね、そういう旅がいちばんいいよ。すくなくとも、夫が死んでパニクってる姉を助けに行く旅よりは」

礼那は、どうこたえていいのかわからなかった。それで無言のまま、二枚目のウェットティッシュをさしだした。

「サンクス」

男の人はまたそう言って、受け取った。

窓口の黒人女性は、ものすごく疲れているように見えた。逸佳が訊いたのは、この近くに朝六時でもあいているカフェかレストランがあるかどうかで、あるならばそれがどこかを教えてほしかっただけなのだが、女性は逸佳がひどく厄介な質問をしたかのよう

に大きなため息をついて、

「アイドンノウ」

とこたえた。

「ユードンノウ？」

思わず訊き返してしまったが、そのときには女性はもうべつな乗降客の相手をしていた。やはりとてもわずらわしそうに。

でも、そばで掃除をしていた初老の黒人男性が、リヴァーフロントに行けばコーヒーがのめると教えてくれた。ここから歩いて十分か十五分くらいだとも。

そのあいだ、礼那は首の太い白人男性と話していた。バスのなかで、通路をはさんで隣の席にいた人だ。悪い人ではなさそうに見えるが、それでも逸佳は礼那に、あまり愛想よくしてほしくなかった。ヒッチハイクで遭遇したあの変態だって、見かけはきちんとしていたのだから。

「行くよ」

逸佳は礼那に声をかけ、建物の外にでる。これ以上北上すると寒すぎる、という単純な理由で南下して、二人はいま早朝のリトルロックについたところだ。午前六時、あたりはまだ夜みたいに暗い。寒いけれどどきのうまでいた場所ほどではないし、すくなくとも雪は降っていない。バスにながく乗っていたあとで、新鮮な外気が嬉しかった。

「待って、いつかちゃん」

追いかけてきた礼那も深呼吸をした。

「新しい場所の匂い!」

と言う。そしてすぐに続けて、

「オレンジ男の名前はケネスだよ」

と報告した。

「ここにはお姉さんを助けに来たんだって。旦那さんが死んじゃったから。お姉さんと旦那さんも旅行でここに来ていて、だからここの人じゃないんだって。お姉さんの名前はミネットだよ。ケネスは縮めてケニーって呼ばれてるけど、ミネットは縮めずにミネットなんだって」

逸佳には、礼那の言っていることがよくわからなかった。首の太い男の話だということしか。

「オレンジ男?」

教えられた道を歩きながらそう訊き返した。それは川ぞいの道で、アメリカの内陸部は、どこに行っても川だらけなのだった。

「えー? いつかちゃん気がつかなかったの? バスのなか、ぷんぷん匂いがしたじゃん」

目がさめたとき、確かにオレンジの匂いがしていた。けれど逸佳は、それをあの首の太い男と結びつけて考えはしなかった。

「彼がたべたの？」

「そう。まるまる三個もだよ！」

礼那は、まるでそれが偉業であるかのように言った。

「ナイフも使わないで、まるまる三個」

とくり返す。そして、

「ね？」

と、抱いているぬいぐるみのうさぎに同意を求めた。

「ホテルなのに十時まであかないなんてへんじゃない？」

礼那に言われ、

「ホテルっていってもB&Bだから」

と逸佳はこたえた。掃除のおじいさんに教わったカフェのテラス席で、礼那はホットチョコレートを、逸佳はカフェオレをのんでいる。足元には荷物。

「B&Bだと十時なの？」

「そういうわけじゃないだろうけど」

逸佳にしてもイギリスに行ったことはなく、B&Bというのがどういうものなのか、実際に知っているわけではないのだ。ただ、きのうそのホテルに予約の電話をしてみたところ、あしたは十時に従業員が出勤するので、それ以降に来てほしいと言われたのだった。

リヴァーフロントと呼ばれているらしいこの界隈には、確かにいろいろな店が軒を連ねていて、昼間は賑やかなのだろうと思われたが、早朝のいま、営業しているのは二人のいるカフェだけで、あたりはひっそりしていた。

「ナッシュヴィルは都会だったんだね」

礼那が言う。

「ピートの店は二十四時間あいてたもんね」

慌しくあの街をでた日が、ひどく遠く思えた。旅をしていると、出来事が全部あっというまに過去になる、と逸佳は思い、旅をしていなくても、あらゆる出来事はもちろんいずれ過去になるのだから、そんなのおかしな感慨だ、ともまた思い、でも、たとえばこうしてここにいるのはいまなのに、すこしずつ青白くあかるくなっていく冬の空気も、安っぽいプラスティック製の白いテーブルと椅子も、すでに半分過去になりかかっている気が逸佳にはした。自分がこの風景ごと、未来の自分の記憶のなかに閉じ込められているような気が。

「でも、すくなくともこのカフェオレはおいしいよ」

逸佳は言い、カップを両手で包むように持った。現在の方が現実で、自分がいままさにここにいることを、カップの質感と温かさで確かめる。

「ホットチョコレートもおいしいよ」

礼那も言って、微笑んだ。

十時までには時間があったので、一人ずつ散歩に行くことにした（荷物を持たずに歩きたかったからで、一人がカフェに残って荷物番をする）。

「れーなは日記を書くから、いつかちゃん先に行って」

礼那に言われ、逸佳はわかったとこたえる。

「絶対ここを動いちゃだめだからね」

そう言い置いて、立ちあがる。

街は動き始めていた。店のシャッターが半分あいていたり、店の前にトラックが来て停まったりし、毛糸の帽子をかぶってジョギングをする人や、箱の積まれた台車を押す人がいて、空気はもうすっかり朝で、まだ人にあまり吸われていない（ように思える）その清潔な空気には、薄い日ざしも感じられた。

五分も歩くと、川にぶつかった。広々した土手は寒々しい黒土で、いつ降った雪なのか、汚れもせず溶け残った氷っぽく白いかたまりが、ところどころにある枯れ芝と一体化している。川のすぐ際に、屋根も壁もない野外劇場があった。緑色の椅子だけがたくさん、舞台の前に据えつけられている。夏には芝居やコンサートがあるのだろうが、無人のそこは、侘しく見えた。

カフェに戻ると、礼那が驚いた顔をした。

「もう戻ってきたの？」

と言う。

「随分早かったね」

と、不思議そうに。けれど、書きかけの日記を閉じて、

「れーなは、いつかちゃんが行ったのとは反対の方に行ってみるね」

と言ってでて行った礼那もまた、

「やっぱりいっしょがいい」

と言って、おなじくらい早く戻ってきた。

ホテルは住宅地のなかにあるらしい。地図をたよりに歩くにつれ、まわりがどんどん静かになる。そして、どんどんニューヨークの家の近所に似てくる。たぶん、典型的な郊外住宅地ということなのだろう。大きな街路樹、何匹もいる猫、前庭のある家々、バスケットゴールとか、道に積まれた〝ご自由にお持ちください〟の暖炉用の薪(まき)とか、

コーヒーを手に持ったまま新聞をとりにでてくる住人とか、赤や緑の大型ゴミ容器とか——。

「なんか、なつかしい」

礼那は呟く。

「なんか、いまにもそのへんから、ヘルメットをかぶって自転車に乗った譲がでてきそうな感じ」

「ほんとだね。れーなんちの近所によく似てる」

いつかちゃんも言い、

「りすとかでそう」

とつけ足した。

「うん。春になったら、きっとね」

礼那はうなずき、すこしだけ上を向いて、冬の、薄い日ざしを顔全体に浴びる。土と樹木と、枯れた芝生の匂いがする。

「でも、ホテルの場所としては不便だね」

カフェのあったダウンタウンから、もう三十分以上歩いていた。でも、ちょうど礼那がそう口にしたとき、

「ここだ」

と、いつかちゃんが言った。

「ここ?」

訊き返したのは、全然ホテルに見えなかったからだ。赤レンガでできた二階建ての古そうな建物で、低い鉄柵に囲まれた庭にはバラがたくさん咲いている。フロントポーチには、小さなブランコが置いてあった。

「ほら」

いつかちゃんが指さしたのは庭の隅にでている立て看板で、確かにホテルと書いてあり、だから鉄の門を押しあけて、バラの咲く庭に入った。

玄関も普通の家とおなじで、鍵がかかっていた。大きな邸宅で、ポーチにそって縦形の窓が幾つもならんでいるけれど、どの窓もカーテンがひかれていて、なかが見えない。

いつかちゃんがインターフォンを鳴らすと、ビーッと大きな音がした。

ドアをあけてくれたのは大学生くらいに見える女の人で、丸首のセーターにブルージーンズという服装だった。ごめんなさい、ホテルとまちがえました、と礼那は謝りそうになったが、

「ようこそ!」

と、大学生みたいな女の人があかるい声で先に言った。彼女の足元から猫がでてきて、礼那の足首に身体をこすりつける。

「その子はジュリエット。ゲストを出迎えるのが自分の仕事だと思ってるのよ」

私はダナ、と女の人は言い、まずいつかちゃんに、次に礼那に、握手の手をさしだした。


暗い、というのが、逸佳の最初に思ったことだった。おもては晴れているし、まだ朝なのに、室内の空気は夜の一歩手前みたいだ。所狭しと置かれた高価そうなアンティークの家具、間違った時刻をさしたまま止まっている大きな床置き時計、そこらじゅうに坐っている、ドレスを着た古い人形たち。ホテルのロビーというより、骨董品店のようだ。事実、ガラスのはまったキャビネットには古めかしい装身具がならべられていて、値札がついているので売りものであるらしい。

宿帳（それまでに逸佳が目にしたどんな書物よりも大きく、表紙をめくる動作は、ほとんどドアをひらくときのそれになった）に必要事項を記入し、要求されるままにパスポートを見せる。

「ワオ、セヴンティーン」

ダナが言ったのはそれだけだった。

案内された部屋は、駐車場をはさんで隣の建物のなかだった。そこも個人の家に見えるが、内部はきちんと仕切られていて、ドアには鍵もかけられた。

「わあ！」

礼那が歓声をあげる。

「かわいらしい部屋だねえ」

食堂の場所や朝食の時間、タクシーは電話で呼ばないと来ないことなどを説明して、ダナはでて行った。

「いや、っていうか、この部屋、たじろぐ」

過剰に装飾的というか、女性的な部屋だった。キャンディストライプのカーテン、花柄のランプシェイド、白い鏡台、貝殻形のクッション、パステルブルーの壁、パステルピンクのベッドカヴァー、あちこちに置かれたガラス器とか人形とか。とりわけ逸佳を驚かせたのはバスタブで、白い猫脚の優雅なそれが、なんと部屋のまんなかに鎮座しているのだった。

「たじろぐ？　なんで？」

礼那は不思議そうな顔をする。

逸佳は窓をあけた。部屋のなかにベビーパウダーじみた匂いが充満していたからで、窓をあけても、でもそれはまるででて行かない。鼻というより口に入ってくるような、粉っぽく甘い匂い。

さっそくお風呂に入ると礼那が言い、バスタブにお湯をためる。ほっとしたことにバスルームには小さなシャワー室があったので、従妹がお風呂に入っているあいだに、逸佳はそっちを使った。

清潔な服に着替えて昼食にでる。ダウンタウンまでの道をまた四十分歩いた。

「お風呂に入ったからかな」

両側に街路樹の植えられた、猫の多い坂道を下りながら礼那が言う。

「それともホテルが普通の家っぽいからかな。ついたばかりなのに、ここに住んでるみたいな気分になるね」

住宅地を抜けると、幹線道路をひたすらまっすぐに進む。

「帰りに水を買おうね」

スーパーマーケットが二軒ならんでいるのを見つけ、逸佳は言った。

「いつかちゃん、見て」

礼那が指さしたのは彫刻だった。あぐらをかいて坐った女の人が大笑いしているブロンズ像で、〝笑うサリー〟というタイトルがつけられている。

「すごく変ってるね」

礼那が言う。確かにものすごく変っている、と逸佳も思った。〝サリー〟はたるんだ身体つきで顔の皺が深く、あり得ないほど愉快そうに笑っている。顔だけではなく全身が笑っているみたいで、逸佳も礼那もしばらく像から目が離せなくなった。

昼食にはハンバーガーをたべた。ボックス席はテーブルも椅子もまっ赤で、いかにもレトロなダイナー風だったけれど、冷蔵ケースに挽く前の生肉がならんでいるところは、イマドキ風であるような気もした。ハンバーガーはおいしかった。アメリカじゅうにそれはあるし、どこでたべても似たような味だと逸佳は思うのだが、それでも知らない街のそれには新鮮味があるのだった。

「ハイ」

ほとんどたべ終りそうなころ、向いに坐っていた礼那がいきなり言って手をふった。

「ハーイ、ガールズ」

女性の声が逸佳の背後で聞こえて、トレイを手に、やってきたのはダナだった。ダナの母親くらいの年齢に見える女性と一緒で、その人はミセスキートンと名乗った。ホテルの経営者だという。

「あなたたちが日本から来たお客さまね。ダナから聞いてるわ」

ミセスキートンは言った。白人、黒いジャケットに黒いスカート、紫色のブラウス。化粧が濃く、金色のイヤリングも、両手にたくさんはめている指輪も、ごてごてと大きい。

「何年か前に、あなたたちのお友達も来てくれたのよ」

逸佳に握手の手をさしのべながらその人は言い、お友達？　と逸佳は怪訝に思ったが、

「新婚旅行のカップルだったんだけど、とても感じのいい人たちだったわ」というミセスキートンの言葉を聞いて、お友達というのが単に日本人という意味なのだとわかった。

「リトルロックをたのしんでね」

ミセスキートンはあでやかに微笑んで言い、ダナと共に窓際のテーブルについて食事を始めた。逸佳にも礼那にもその後すぐにわかったことだが、外食する店の選択肢が極端にすくなく、誰もが顔見知りであるようなここは街で、昼休みにはフロントが無人になり、何年も前に来た客のことを経営者がいまだに憶えているような、あそこはホテルなのだった。

着いた日の午後と、次の日はまる一日、街を見て歩いた。黄色いかわいらしい路面電車に乗っても、白い大きい路線バスに乗っても、必ず車掌さんや運転手さんに話しかけられた（「やあ、調子はどう?」「どこまで?」「ミセスキートンのところに泊っているんだってね」）。街に一軒しかない本屋さんに行っても、スーパーマーケットのレジでも話しかけられる（「うちの息子は昔ニッポンのヨコスカにいたことがあるのよ」「かわいいぬいぐるみね」）ので、自分たちが目立っているみたいで、礼那はちょっと恥かしかった。でも、みんなびっくりするほど親切で、尋ねていないのに道を教えてくれたりした（「どこに行くんだい？　そっちに行っても何もないよ」「歴史地区にはぜひ行くべきよ」「きみたちのホテルはあっちだよ」）。

〝笑うサリー〟のことを、礼那はノートに書いた。この街にはやたらに彫刻があり、〝希望〟というタイトルの、頭に折り鶴をのせた女性像とか、〝純潔〟というタイトルの、頭に小鳥をのせた女性像とか、〝男たちの魂と女たちの魂〟というタイトルの、何だかわからない鋭角的な金属のかたまりとか、どれもおもしろいのだが、〝笑うサリー〟は断然特別なのだった。あんなふうに笑う女の人を、礼那は実際には見たことがない。でも、前にどこかで見たことがあるような気もした（岡山のおばあちゃんに、ちょっと似ているのかもしれない。年齢的にはそのくらいの女の人だ）。ともかくリアルな彫像で、まるで生きているみたいに見える。もしできることなら持って帰りたい、と礼那はノートに書いた。たれたおっぱい、はねた髪の毛、背をのけぞらせて豪快に笑うサリー。

リトルロックには五日いる予定で、ホテルの予約も四泊分しかしていなかったのだけれど、滞在を延長したいと言うと、ミセスキートンは喜んでくれた。延長しようと提案したのは礼那だった。猫のいるホテルも静かな街なみも気に入ったし、親切なダナ（あした、前髪を切ってもらうことになっている。美容師の資格を持っているのだそうだ。最初、ダナは大学生のように見えたし、ミセスキートンと母娘みたいにも見えたのだけれど、そうではなく、正規の〝従業員〟だった。カリフォルニア生れで、ここに両親と旅行に来て、ホテルの〝経営理念〟に感動し、美容師を辞めてホテルパーソンとして働く決心をしたのだと教えてくれた）とせっかく仲よくなれたところだからで、正直に言うとカンザスシティをでてからバスにばかり乗っていたので、もうすこし普通の地面の上にいたいというのもあった。礼那の提案に、いつかちゃんはすこし考えてから、

「れーながそうしたいなら」

と言って賛成してくれた。

「今朝洗ったジーパンが、あしたまでには乾きそうもないことでもあるしね」

と。

そのいつかちゃんは、シャワーからでてきたところだ。ホテルのバスローブにくるまって、テレビのニュースを観ている。

「バスタブを使えばいいのに」

ノートを閉じて、礼那は言った。

「せっかくあるんだから」

「洗濯のときに使った」

いつかちゃんはこたえる。

「そういうことじゃなく」

昔は、いつかちゃんといっしょによくお風呂に入った。お風呂のなかで歌を歌ったり、

しりとりをしたりした。

「れーなはべつに、いつかちゃんの裸を見たりしないよ」

礼那は言い、でも、言った途端にすこしは見るだろうと思え、

「じろじろとは」

とつけ足した。

「ていうか」

いつかちゃんは笑いながら、

「部屋のまんなかにあるバスタブなんて、落着かなくて使えないよ、たとえれーながいなくても」

と言う。

「そうなの?」

礼那にはわからなかった。礼那はむしろ、こわくなくていいと思っていた。多くのホテルがそうであるような、扉できっちり隔てられた狭いバスルームは、夜に一人で入るのが、いつもすこしこわいからだ。

住宅地というのは、朝の空気が商業地帯とは全然違う。そのことに、逸佳は今朝もまた驚く。澄んだ冬空と日ざし、あちこちから降ってくるように思える小鳥の声、腐葉土

と、その葉を落とした木々のつくりだすひんやりした匂い。食堂での朝食（オレンジジュース、トースト、スクランブルエッグ）を終えて、母屋（おもや）から外にでたところだ。礼那の言ったとおり、「ここに住んでいるみたい」な気がしていることに、逸佳は自分で戸惑う。

「あ、ジュリエット」

礼那が言い、足元にすりよってきた猫を抱きあげる。黒と茶色のまだら模様の、太った猫は喉を鳴らした。

「ダナから聞いたんだけど、この子はほんとにかしこいんだって。専用のドアから自由に出入りしていて、ゲストには抱かせるのに、ゲストじゃない人には絶対自分を抱かせないらしいよ。配達の人とか、ただ通りかかっただけの人とかには」

「そうなの？」

逸佳は言い、改めてその太った猫を見ると、猫は両目を糸のように細めて、いかにも無防備に抱かれている。

隣の建物に入ろうとすると、うしろでクラクションが鳴り、大きくて平べったい、古めかしい車が駐車場に入ってくるところだった。銀色の車体のあちこちに大小のへこみがある。運転席側の窓がするするとおりて、ミセスキートンの顔が見えた。

「ヘイホー」

高い、歌うような声に続いて、指輪だらけの手が腕ごと窓外につきだされ、指がひらひらと動く。ヘイホー？　挨拶の奇抜さに、逸佳と礼那は目を見交わしたが、

「ヘイホー！」

と礼那はすぐにおなじ言葉を叫び返して手をふり、そうするタイミングをのがした逸佳は、

「グッドモーニング！」

と言った。

バラの咲く庭に持ちだされた椅子に坐り、首まわりをタオルでおおわれた礼那に手をふって、逸佳はダウンタウンに向った。前髪だけなら五分か十分で切れる、とダナには言われたが、それを待たずにでてきたのは、一人で探したいものがあったからだ。銀行に行く、と礼那には言ってあり、それももちろん事実だったが、ほんとうの目的は、あさってに迫った礼那の誕生日を特別にする何かを探すことだった。あさって、逸佳の従妹は十五歳になる。二人きりの旅の途中で迎えるその日を、逸佳としては、他の日とは違うものにしたいのだった。ただ、問題は、どうすればそうなるのかがわかっていないことで、それは贈り物とか、（財布が許す限り）ゴージャスなレストランでの食事とかとは違う気がした。部屋に花を飾る？　名前入りのケーキを注文しておく？　礼那が目

ざめると同時にクラッカーを鳴らす？　考えるのはたのしかった。

「おはよう。きょうは一人なのかね？」

正面から歩いてきた、背の高い黒人のおじいさんが言った。

「おはようございます。はい、一人です」

こうして知らない人に話しかけられるたびに、逸佳は何度でも驚いてしまう。

「小さい方はどうした？」

「ええと……あの……、ホテルにいます」

おじいさんは思いきり母音をのばして、

「グ――――ッド」

と言った。逸佳は会釈をして、ぎこちなく通り越す。

ホテルでもスーパーマーケットでも、建物のなかには白人がいるのに、外を歩いている人が黒人の老人ばかりなのはどうしてだろうと逸佳は思う。歩いている人だけではない。公園やバス停や道のベンチに退屈そうに坐っているのも、決って黒人の老人たちだった。

ＡＴＭでお金をおろし（二つの店の給料が振込まれて四千八百十四ドルあった預金は、すでに二千三百十四ドルまで減っていた）、銀行をでる。たぶんあと一都市――。帰りの旅費を取り分けておくことを考えると、それが限界だろうと逸佳は思った。礼那はきのうガイドブックをめくりながら、次はニューメキシコに行きたいと言っていた。暖かそうだし、サボテンが見られそうだから、と。けれどこの残高を見ると、そこまで行ってしまって大丈夫かどうかわからなかった。まる三日バスに乗りっぱなし、という帰路を覚悟するならば可能かもしれなかったが——。

でも、まず、誕生日だ。道の両側に目を配りながら逸佳は歩く。ドラッグストア、酒屋、靴屋、バイク修理工場。本屋、カフェ、金物屋。ぴんとくるものがないまま歩き続け、幹線道路まで戻ったときにそれを思いついた。逸佳はすぐそばにあった彫像(〝希望〟というタイトルがつけられていた)の台座に腰をおろすと、まずヘイリーに、次にクリスに電話をかけた。

あり得ない、と、なぜ理生那に断言できるのかわからなかった。それは、サイトを管理してくれている知人からひさしぶりにもたらされた「有望な」情報で、無論、知人は潤が過度な期待をして失望することを恐れて、「有望といっても、あり得なくはないという程度」だと説明したし、潤にしても、ほぼ違うだろうと思っている。けれど知人はまた、「情報提供者は自分の名前も連絡先もあかしてくれたし、すくなくともにぎやかしの類ではない」とも言っていたのだ。電話は潤が直接かけた。先方(ハーヴェイ・マコーリーという名前であることしかわからないが、声と口調から、七十歳くらいの男性だろうと潤は想像した）はその子供たちに腹を立てているらしく、終始機嫌が悪かったが、「ネットに写真の載っているお宅の娘たちに間違いない」と断言した。

彼によると、その少女二人は去年の秋——逸佳と礼那がいなくなった時期だ——に、突然出現した。場所はルーズヴェルトアイランド——潤の家とおなじニューヨーク市内！——のアパートで、東洋人の男と三人で暮しているらしい。中国人と自称しているが、三人とも日本語を話していた。自分は中国語も日本語も話せないが、音の違いは聞けばわかる。第一、ネットの写真と見較べたのだから確かだ。

あり得ないことではないと思えた。理生那は、あちこちから届いた葉書を根拠に否定したが、葉書など、誰かに頼んで投函してもらうことも可能なのだし、さらに言えば、誰かに無理矢理書かされている可能性だってあるのだ。

それで、潤はいまここにいる。東洋人三人が暮しているという高層アパートの前に。まだ日も昇りきらない午前六時という時間を選んだのは、彼らがどんな生活をしているにせよ、その時間なら家にいる確率が高いだろうと思ったからだ。が、そうでもないのかもしれない。緑地のなか、トラムウェイの駅からほど近い場所にあるその建物のガラス製ドアはさっきからしきりにあき、コート姿の男やランニングウェア姿の女を吐きだしていた。

潤はアパートを見上げる。何階建てなのだろう。ハーヴェイ・マコーリーはここに住んでいるわけではなく、従って部屋番号まではわからないと言っていた。

「すみません」

潤はコート姿の男の一人に話しかけた。

「ここに住んでいる、日本人か中国人の少女二人をご存知じゃないですか?」

「え? 何て言ったんですか?」

色白の、若い男は怪訝そうな顔をした。潤は質問をくり返し、怪しい者ではないことを示すために、

「一人は私の娘かもしれないんです」

とつけ足す。

「ええと、よくわからないんですが、あなたの娘さんがここに住んでいるんですか?」

逆に訊かれた。

「部屋番号は?」

たたみかけられ、わかりません、と潤は正直にこたえる。男の顔に、困惑と同情の色が浮かんだ。僕にはどうしようもない、と言いたげに口角を下げ、

「電話をしてみたらどうですか?」

と言った。返事につまった潤に英語が通じなかったと思ったのか、ご丁寧にも電話を耳にあてる真似をして、

「コール、フォン、わかるでしょう?」

と言葉を重ねる。

「オーケイ」

潤はこたえ、礼を言って男を見送った。

今度は女性に声をかける。

「すみません、ここに住んでいる、日本人か中国人の少女二人をご存知じゃないですか?」

紺色のコートに身を包み、ブリーフケースを持ったその女性は、表情一つ変えずに、

「さあ、わかりません」

と言って去って行った。

イーストリヴァーを渡って吹きつける風がつめたい。潤は、マフラーを車のなかに置いてきたことを後悔した。が、ここまで来て、確かめずに帰るつもりはない。待っていれば、三人のうちの誰かがいずれでてくるはずだ。ハーヴェイ・マコーリーの話では、少女たちはよく二人で外を歩いているそうなのだから。

前髪の短くなった礼那は、ポーチのブランコに腰掛けていた。

「おかえりなさーい」

庭のゲートをあけた逸佳にあかるい声で言い、

「お金、おろせた？」

と訊く。

「おろせた」

逸佳はこたえ、そばのスツールに坐った。ダナは髪を切ってくれただけでなく、礼那の爪にマニキュアも塗ってくれていた。全体は薄ピンク色で、左右それぞれのひとさし指だけが水色という奇妙な塗り方が、ダナの趣味なのか礼那の希望なのか、逸佳にはわからない。

「そういえば、ヘイリーにもお化粧されてたよね、あんた、前に」

思いだして言った。

「うん。された」

膝の上の猫をそっとなでながら礼那はこたえたが、たぶん、乾く前に爪をだいなしにしてしまうことを恐れて、手の動きがぎこちなかった。

「ミセスキートン、なかにいるかな」

逸佳が訊くと、

「いるんじゃない？　まだランチにでてなければ」

という返事だったので、礼那をポーチに残して薄暗い母屋に入る。

「ハロウ！」

と声を張った。礼那の誕生日を特別にするために、ミセスキートンに頼みたいことがあるのだった。

市内を走る路線バスの発着場は、ベンチや花壇のある小さな広場になっている。

「どれに乗る？」

路線図を見ながら逸佳は訊いた。目的地があるわけではないので、どれに乗ってもよかった。ただ、きょうは終点まで行ってみるつもりだ。街の、静かな住宅地でも賑やかなダウンタウンでもない部分がどうなっているのか、見てみたかった。

「できるだけ遠くまで行かれるやつがいいんじゃない？」

礼那が言う。

青い空だ。業務を交代する運転手さんたちが、自分の座布団やコーヒーを手に、立ち話をしている。乗客よりも運転手さんたちの数の方が多そうだった。

十分後に発車予定の一台を選んで乗り込む。穴の二つあいた乗車コイン（一ドル三十五セント）は車内で買った。

「かわいい運転手さんだね」

座席に坐ると礼那が言った。若い、巨大な体格の黒人女性で、笑うと子供みたいな顔になったからで、白いシャツに赤いネクタイ、紺色のセーターに紺色のずぼん、という制服がよく似合っている。

発車しても乗客はまばらだった。三人が四人になり、二人になり、また三人になる。途中から、バスはひどく揺れた。

「すごいスピードだね」

礼那が言う。窓の外は枯れ木、丘、コンクリートの建物、また枯れ木。赤ん坊を抱いた女の人が乗ってきて降り、松葉杖をついた男の人が乗ってきて降り、ヤムルカをかぶった男の人が乗ってきて降りた。窓の外は枯れ木、工事現場、また枯れ木だ。退屈したのか、礼那は布の袋から絵葉書をだし、紫色のサインペンで書き始めた。〝パパ、ママ、譲、元気ですか。れーなはいまバスに乗っています〟

一時間が過ぎ、一時間半が過ぎたころ、

「きみたち、どこまで行くんだい？」

と、すこし前に乗ってきた、小柄な白人のおじいさんに訊かれた。こたえようと逸佳が口をひらくより早く、

「いいのよ、その子たちは終点まで行くの」

と、運転手さんがマイクを通して言った。乗り込むとき、訊かれたのでそうこたえていたのだ。

「だけど、あそこに一体何があるっていうんだ?」

おじいさんは逸佳たちではなく運転手さんに向って責めるように言い、運転手さんがまたマイクを使って、

「いいのよ、その子たちはそこをただ見に行くの。それで、また次のバスで帰るのよ」

と、自信たっぷりに説明した。一時間半前にはおじいさんとおなじように、あんなところに何しに行くの、と訊いたというのに。

訝しがられるかと思ったが、意外にもおじいさんは即座に理解し、大きくうなずくと、

「それはいいことだ」

と言った。そして、逸佳が「ノー」を何度口にしても構わずに、

「私はもうきょうはバスに乗らないから」

と言って、路線バスに二時間乗り放題のカードをくれた。カードは黄緑色だった。一度目の乗車時刻と二度目の乗車時刻が印字されており、カードが有効な時間は、あと数分しかない。

「使えないね」

おじいさんが自分の席に戻ると、礼那がカードを見ながら言った。

「親切なんだか親切じゃないんだかわからないね」

とも。でも逸佳には、おじいさんはとてもいい人に思えた。巨体の女性運転手さんも。

そのおじいさんも降りてしまうと、乗客は逸佳と礼那の二人だけになった。依然として、バスは縦にも横にも激しく揺れている。窓の外は枯れ木、空き地、枯れ木——。そんなふうにして終点に着き、運転手さんにお礼を言ってバスを降りた。風がつめたい。

「ひえー、ほんとうになんにもないところだね」

礼那が言った。寒々しい道と木立ち、車が一台も駐車していない駐車場、シャッターのおりた売店。それでも、木立ちの向うに公営団地的な建物群が見えるので、人は住んでいるはずだった。

「歩いてみよう」

逸佳が言うと、

「うん」

とこたえた礼那が腕をからませてきた。短くなった前髪と、パステルカラーに塗られた爪。

すこし歩くと、廃墟と化した建物があり、錆びた門扉に彫られた文字から、元は病院だったらしいことがわかった。さらに歩くと、元は幼稚園だったと思われる建物もあり、使われていない遊具が物悲しかった。

「青い空だねえ」

礼那が言う。

「静かだねえ」

もしいまここに自分が一人きりでいたら、と逸佳は想像した。もし礼那なしでここにいたら、景色はもっと淋しく見えただろう。廃墟はもっと陰惨に、丈高く伸びた雑草が立ったまま枯れている空き地はもっと荒涼として見えたに違いなかった。

シャッターのおりた自動車販売店の前を通り、ゴミがたくさん放置されている空き地の前を通った。

「スターバックスとかないのかなあ、ダンキンドーナツでもいいけど」

礼那は言い、何もない道の左右を見まわす。そういうものは見つかりそうもなかったが、さらに歩いた。車輪が一つしかなく、何年もそこに置き去りにされているように見える自転車、公園、色あせた看板に描かれたピザの絵。辛うじて現役であるらしいアパート（窓の外に洗濯物が干されている）を見つけたが、人が住んでいるのは数部屋だけで、あとは空き室のようだった。

「いつかちゃん、見て！」

礼那が指さしたのはタクシーだった。アパートの横の路地に、ぽつんと一台停められている。誰かが呼んだのだろうと思ったが、運転席を含め、車内は無人だった。

「ドアを見て、ドア」

礼那が言う。新しげで、どう見ても現役のそのタクシーのドアには、ほとんどドアそのものとおなじくらい大きな白いステッカーが貼られていた。

「何？　広告？」

ステッカーには黒人男性の顔写真と、
Renny's bail bond
in jail need a bail
という文字が印刷されている。

「bondだから、広告じゃなくて寄附をつのってるんだと思う」

礼那が言った。

「レニーっていう人が刑務所にいて、保釈金が必要なんだって」

「えーっ」

逸佳はつい大きな声をだす。

「そんな寄附、つのるものなの？」

「わからないけど、つのってる」

逸佳は考えてしまう。ステッカーのシンプルすぎる文面からでは、レニーという人が無実かどうかも、そもそも何の罪に問われているのかもわからないではないか。それでも人は、寄附をしたりするものなのだろうか。

「お金、集まるといいね」

礼那は言った。


バスに乗って、ダウンタウンに戻ったときには日が暮れかけていた。見馴れた街なみや、ちゃんとあいている店々がなつかしくてうれしく、礼那は従姉の頰に頰をぶつける。

「チーク！」

と言って微笑んだ。冬の街の、夜の始まりの空気の匂いがする。夕食にフライドチキン（熱々で、肉汁がたっぷりで、夢みたいにおいしかった。甘いベイクドビーンズとコールスロー、それに、なぜだかトーストしていない食パンがセットになっていた）をたべてホテルに帰った。庭のバラもポーチのブランコも闇に沈んでいる。駐車場を横切って隣の建物の前に立ち、いつかちゃんが鍵をあけてくれるのを待った。

「帰ってきたっていう気持ちがする」

礼那は言った。鍵があき、廊下に入ってまた部屋の鍵をあける。

「もうじきここを離れなきゃいけないと思うと残念」

鍵があき、あちこちに置いてある自分たちのものと、ベビーパウダーに似た匂いに迎えられた。

「そのことなんだけどね」

いつかちゃんが言った。

「もう一日だけ延長しよう。あさってのつもりだったけど、しあさって出発」

「しあさって出発？　なんで？」

「なんでも」

いつかちゃんはこたえ、コートを脱ぐと、

「ジーパン乾いたかな」

と言う。

「なんでも？　それじゃこたえになってないよ。なんでもう一泊することにしたの？銀行で、お金いっぱいおろせたから？」

礼那は訊き、テレビをつける。理由はどうあれ、延泊できるのはうれしかった。

「まあね、そんなとこ」

いつかちゃんは言い、

「ジーパン、乾いてたよ」

と続けながら、それを干しておいたバスルームからでてきた。

黒人のおじいさんたちがいつもおもてで喋ったりタバコをすったりしてる建物があるでしょ、と、きのう礼那が何かの話の途中で言い、逸佳にはどの建物のことだかわからなかったのだが、それはここだったのか、と、きょうもまた一人で街を歩いている逸佳は思った。黒っぽく煤けた石造りの古めかしい建物で、ヴェテランズなんとか、と扉の上に記されている。ということは、退役軍人のための施設なのだ。

礼那は、ミセスキートンとダナといっしょにランチに行っている。誘ってくれるよう、逸佳が二人に頼んだのだ。そうすれば礼那にあやしまれずに、逸佳は一人で買物ができる。買うべきもののリストは、ミセスキートンが書いてくれた。丸っこく癖のある筆記体の文字は読みにくいが、いざとなれば店の人にリストを渡し、直接読んでもらうつもりだ。

礼那の誕生日のための計画を話したとき、ミセスキートンもダナもほとんど奇声といっていいような歓声をあげた。嬌声という方が近いかもしれない。礼那の好きな類のテレビドラマにでてくる女たちが、女同士で（たいてい恋愛がらみの話題で）色めき立つときの声。逸佳は、自分が二人を嫌いでないどころか、けっこう好きであることにそのとき気づいて驚いたのだった。会ってまもない人たちであるのに。

日本にいたころ、逸佳は女友達のあげるそういう声が苦手だった。仲間内のへんな親密さも、きのう二人が見せたような、大袈裟なリアクションも。

二人のことだけではない。おせっかいなほど親切な街の人たちも、たじろぐほど少女趣味な部屋も好きではないものの悪くないと思えるし、〝ポケッツ〟で知り合ったロバートやティファニーだって、あの不遠慮な距離のつめかたを、かつての逸佳なら苦手もしくは〝ノー〟に分類したはずだが、いまはそうではなく、単純に、いい人たちだったなと思う。どうしてだろう、と考えてみたが、わからなかった。自分の何かが変ったとは思えない。

ミセスキートンに指定された市場でエビを買った。殻つきで三百グラム。逸佳はあした、南部の家庭料理を作るつもりだ。作り方は、これもまたミセスキートンが、判読しにくい丸っこい字で書いてくれた(「エビの殻をむくのが手間だけど、あとは簡単だから大丈夫」とのことだった。ほんとうかどうかはわからないけれど)。

スーパーマーケットに移動し、ホミニーグリッツ(それが何であれ)を探す。が、何であるかわからないと、どの売り場にあるのかがわからず、途中であきらめて店員さんに訊いた。リストに従ってベーコンやピーマンや玉ねぎも買うと、荷物はけっこうな重さになった。

ホテルに戻ると、ミセスキートンの車があったので、三人がもうランチから帰っていることがわかった。まず母屋に寄って、買ってきたものをダナにあずける。

「全部買えた?」

客室のある建物とのあいだには駐車場があり、声が礼那に聞こえてしまう心配はないのに、ダナは大袈裟に声をひそめる。

「たぶん」
逸佳はこたえた。母屋のなかはあいかわらず暗い。重厚な家具、古い人形たち、止まっている時計――。通りすぎてしまうからだ、と、ふいにわかった。この場所も、ここにいる人たちも、自分はもうすぐ通りすぎてしまう。通りすぎて、たぶん二度と会わない人や物や場所を、嫌いになるのは難しい。

ベッドの上にガイドブックやパンフレットをひろげ、ニューメキシコの写真の、青すぎるような空を見ながら、礼那は従姉に腹を立てていた。いつかちゃんは頑固すぎるし人見知りすぎる、と思う。ダナとミセスキートンがせっかくランチに誘ってくれたのに、行かないなんておかしい。そりゃあお金は自分で払うのだし、連れて行かれたのは彼女たちがほぼ毎日行くハンバーガー屋さんで、特別なことは何もないにしても。

ダナとミセスキートンは、礼那に家族のことをいろいろ訊いた。日本のことも(二人とも、いつか日本に行ってみたいのだそうだ)。いつかちゃんが来なかったことを謝ると、全然気にしていないと言ってくれたけれど、なぜ来なかったのか、不思議に思っているはずだ。

鍵のあく音がした。
「ただいま」

怒っていることを示すために、礼那は返事をしなかったのに、いつかちゃんは気にするふうもなく、

「お土産」

と言って、リースチョコレートをくれた。

「ランチ、どうだった?」

尋ねられ、

「いつかちゃんこそ何たべてきたの?」

と、つっけんどんに訊き返す。

「怒ってるの?」

怒ってる、とこたえたら、怒らないで、と言われた。怒る、と言ったら、怒るな、と返り、頭にばさっと何かがのっかって、目の前が急にまっ暗になった。いつかちゃんがコートをかぶせたのだ。コートの外側から自分もかぶさってきて、ベッドの上の礼那を両腕で捕獲する。

「やめて」

声がくぐもってしまう。コートには、まだいつかちゃんの体温が残っていた。

「やめて」

背中に体重をかけられ、前後に揺れながら喋るのは大変で、礼那はつい笑ってしまう。

「怒るのやめたらやめる」

いつかちゃんは言い、礼那をますます激しく揺さぶったので、コートの下で、礼那はハリネズミみたいにまるまるしかなく、笑うと息ができなくて、やめて、怒るのやめるからやめて、としぼりだした声はかすれがすれになった。

突然重みがとりのぞかれて、目の前があかるくなる。そこらじゅうに新鮮な空気が出現し、礼那はそれをすいこんだ。パステルピンクのベッドカヴァー、パステルブルーの壁、キャンディストライプのカーテン。自分がいまリトルロックのホテルにいるのだということを思いだし、うれしくなる。そして、忘れていたわけではないのに思いだすことができるなんておもしろいと思った。ちょっと視界をさえぎられていただけで――。

「髪がくしゃくしゃになった」

礼那は呟いたが、それは文句のようには響かず、ただのひとりごとになった。

「じゃあ、とかしておいで。散歩に行こう」

いつかちゃんが言った。


読んでいた聖書から目をあげると、電子レンジの液晶時計が午後十一時五十二分を表示していた。日付が変れば礼那の誕生日だ。娘が生れてからこれまで、誕生日に自分が娘のそばにいなかったことは一度もない。それを思うと喪失感があった。物理的な距離とは別に、娘が遠くに行ってしまった気がする。理生那は氷の溶けかけたグラスにバーボンを注ぎ足し、ステアのかわりにグラスを揺らす。

期待はしていなかった。娘たちがいなくなったあと、これまでに理生那は何度も礼那の携帯電話に電話をかけた。伝言も残したし、メールも送った。何の反応もなく、LINEのメッセージは既読にすらならない。だから期待はしていなかったつもりなのに、深夜の台所からひさしぶりにかけた電話が呼びだし音もださず、そっけない録音サービスに回されると失望した。こんなふうに何度でも、そのたびに新しく失望する自分に、理生那はむしろ戸惑う。

「礼那？」

それでも誕生日のお祝いだけは伝えようと、口をひらいた。

「お誕生日おめでとう」

どういうわけか緊張して、声がわずかにふるえた。

「元気なの？」

そう訊いてしまうと、他に言うことがみつからない。グラスをとり、口のなかをうるおす。

「無事でいてくれればいいから。帰ってきたとき、ママは怒らないから」

そして、自分でも思いがけないことに、

「ママもそこに行ってみたいわ」

と口にしていた。そこというのがどこのことか、自分でもわからないままに。

「逸佳にも――」

よろしく伝えてね、と言う前に電話が切れた。迷ったが、もう一度かけてメッセージを終らせる。

「よろしく伝えてね。それからもう一度、十五歳おめでとう」

と。


電話が鳴っている。

礼那は両手を曲げた膝のあいだにはさみ、ベッドのなかで背中をまるめた。が、音は鳴り止まない。礼那はまだ半分夢を見ていた。晴れた戸外の夢で、そばを川が流れていて、暖かいのだった。でも、音がうるさい。仕方なく目をあけるとホテルの部屋のなかで、いつかちゃんの姿はなく、枕元にある備えつけの電話が鳴っていた。

「ハロー?」

眠たげな、はっきりしない声になった。

「レーナ? おはよう。クリスだよ。誕生日だって聞いてね、だからこう言わなきゃって思ったんだ。お誕生日おめでとう」

理解が追いつかず、一瞬頭のなかが空白になったあとで、電話の相手が編物男のクリスだということと、クリスが誕生日を迎えた自分のために電話をくれたのだということが、いっぺんにわかった。

「ありがとう」

礼那はこたえ、

「びっくりした」

と続ける。それから、

「ワオ」

と。眠いので言葉がぶつ切れになったけれど、意識がはっきりするにつれ、うれしさと照れくささがじわじわ立ちあがってくる。

「ワオ、クリス、ありがとう。そうなの、誕生日なの。ワオ、クリス、電話をもらえるなんてうれしい。誕生日、そう、その通り！」

「やっと思いだしたの？」

可笑しそうにクリスが訊く。

「ちがう。ちゃんと憶えてた。ちゃんと憶えてたけど、いまは眠ってたから、ちょっと(a while)忘れてたの」

クリスは笑って、「a while」とくり返した。

「眠っているところをじゃましちゃってごめん。きみの従姉がぴったり八時にかけてほしいって言ったからそうしたんだ。こっちはいま九時だけどね」

もちろん全然かまわない、と礼那は言い、

「きょうもこれからスキー？」

と訊いた。クリスの返事はうれしそうな「シュア」で、実はもうゲレンデにいるのだと言った。初心者用の〝ガター〟をつくっているところなのだと。

「ガター？」

訊き返すと説明してくれたが、ノルディックスキーをしたことのない礼那には、上手く想像することができなかった。

「ところでいま私の従姉がどこにいるか知ってる？」

尋ねると、クリスは一瞬だけ黙り、ノー、とこたえた。

「一緒じゃないの？」

と、心配そうに。

「この部屋にはいない」

礼那は言い、しんとした部屋のなかを改めて見まわす。

「探しに行ったりしない方がいいよ。きみはそこにいた方がいい。彼女はすぐ戻るだろうし、一人で外に……」

クリスの言葉の途中でバスルームのドアがあいた。いつかちゃんが、バラを一輪だけさしたコップを手に、にやにやしながら近づいてくる。

「いた」

礼那はクリスに告げた。

「バスルームに隠れてた」

クリスの返事は聞こえなかった。電話をベッドに放りだし、従姉にとびついてしまったからだ。

「びっくりしたよ。だって寝てたら電話が鳴って、いつかちゃんはいないし、クリスがお誕生日おめでとうっていきなり言うし」

「お誕生日おめでとう」

いつかちゃんも言った。礼那は、またうれしく照れくさくなる。電話を拾い、二人でクリスにお礼を言って（電話を放りだしてしまったのに、クリスは笑っていた。たのしそうな日本語が聞こえたと言った。自分までたのしくなったと）、そんなふうにして、礼那は十五歳になった。

朝食室に行くと、ダナも「お誕生日おめでとう」と言ってくれた。テーブルには、いつかちゃんが部屋に飾ってくれたのとおなじバラが、やっぱり一輪飾ってあった。庭のバラだ（「ちゃんとミセスキートンの許可をもらって切ったから」といつかちゃんは言った)。

礼那が電話でクリスに言ったことはほんとうだった。きょう、二月四日が自分の誕生日であることを、礼那はもちろん憶えていたし、たぶんいつかちゃんも憶えているだろうとも思っていた。でも、こんなにびっくりな朝になるとは想像もしていなかった。そして、でも、この日のびっくりは、それだけではなかったのだ。

昼間は、いつものように街を歩いた。あしたの夜にはここを離れるのだと思うと、ありふれた景色の一つずつが印象的で、礼那には、それらの景色——あちこちにある彫刻や、黄色い路面電車の走る道、昼間からあいているバーの、おもしろいネオンサイン(くし形に切られたオレンジが、サングラスをかけている図柄)——が、こちらに向って「バイバイ」とか「またね」とか、言っているように感じられた。疲れたらベンチに坐って休み、お腹がすけば、ホットドッグを買って半分ずつにしてたべた。たべすぎないように気をつけたのは、いつかちゃんが礼那のために、夕食をつくる予定だと教えてくれたからだ。ホテルの母屋の台所(朝食しかださないので、夜は使われない)を借りて、南部の家庭料理をつくるという。

「南部の家庭料理って何?」

尋ねても、

「内緒」

と言って教えてもらえなかったけれども。午後にホテルに戻ると、夕方を、だから礼那は一人で過した。退屈はしなかった。外が寒かったのでまずお風呂に入り、そのあと日記と葉書を書いて、母屋のロビーでジュリエットと遊んでいると、いつかちゃんが呼びにきた。

それは見たことのないたべものだった。白い、どろどろしたお粥状のものの上に、エビの入ったトマトソースみたいなものがかかっている。

「シュリンプ・アンド・グリッツ」

いつかちゃんが説明した。グリッツというのがトウモロコシを挽いた粉だということ、レシピを書いてくれたのがミセスキートンで、これが、子供のころのミセスキートンの大好物だったこと。

「いい匂い」

見かけはともかく、匂いはほんとうにおいしそうだったのでそう言った。いつかちゃんの説明によれば、それはにんにくとオレガノと玉ねぎとピーマンと、エビの殻の匂いなのだそうで、エビの殻の匂い!? と礼那は驚いたのだが、

「そう。二十二尾分のそれで出汁をとったの」

といつかちゃんはこたえて胸を張った。他に、コールスローとグリーンビーンズもあった。

がらんとした朝食室の隅のテーブルで、二人でたべた。〝シュリンプ・アンド・グリッツ〟を一匙口に入れた礼那は、そのおいしさに、自分の目がまるくなるのがわかった。

「おいしい！」

半ば驚いて言った。

「このどろどろ、どろどろかと思ったら結構さらさらだね。それに、すごく香ばしい風味がする」

「よかった」

いつかちゃんはうれしそうにこたえ、

「このどろどろがね、よくわからなかったの」

と言って、台所に行き、ミセスキートンが書いたというレシピを持って戻ってくる。

「グリッツを、十分なめらかになるまで煮るって書いてあるんだけど、このスムースイナフっていうのがね、どのくらいのことなのかわからないでしょ、一度もたべたことがないんだから」

レシピの書かれた紙は濡れたりしみがついたりしてよれよれだった。英単語のところどころにいつかちゃんの字で、ダマ、かたまり、とか、へら、とか、日本語が書き込まれている。

「ありがとう。おいしい」

礼那はもう一度言った。

夜の朝食室は静かで、電気が部屋の半分にしか点いていなかったので侘しげでもあったけれど、忘れられない誕生日のごはんになった。食器や調理道具は二人で洗った。戸締りのためにダナが戻ってくるのを待ち、そのダナが戻ってきたときも、だから礼那は、誕生日がもう終った気持ちでいた。たのしかったー。そう思っていた。

礼那といつかちゃんが食事をし、きれいに拭いたばかりのテーブルに、ダナは自分のパソコンを置いた。時計を見ながら、「もうすこしね」と言ったり「そろそろかな」と言ったりし、マウスとキーボードを馴れた手つきであやつる。そしていきなり、画面から音が聞こえた。がやがやしている。ビーン、と一音だけ響いたのはギターだろうか。

「見て」

ダナが言い、場所を代ってくれたけれど、何が映っているのかよくわからなかった。暗いのに部分的にまぶしい。人が何人も動いていて、楽器の音がしている。ざわざわした話し声も。ステージ？　と思った途端、近づいてきた人の顔が大写しになった。

「ヘイリー！」

礼那は声をあげた。でも、ヘイリーはそれにはこたえず、ただちょっとにっこりしただけで、またうしろにさがってしまった。何が起きているのかわからず、どきどきした礼那はいつかちゃんの手をつかんだ。画面から目は離さずに。

「紳士淑女のみなさん、それから、紳士でも淑女でもないみなさん」

画面はステージの前方に固定されているらしく、暗いみたいであかるいみたいであいかわらずよく見えなかったが、声はよく聞こえた。ヘイリーの声だ。

「ステージはこれから後半に突入するわけですが、その前に一曲だけ、私たちの友人のための曲におつきあいください。みなさんのなかには、去年ここで働いていた女の子を憶えているかたもあるかもしれません。ショートヘアで、痩せがたで、非おしゃべり」

ここで周囲から笑い声があがり、ダナも笑った。

「サード・フィドルなの？」

いつかちゃんの顔を見上げて訊くと、うなずきが返った。真剣な横顔。

「今夜誕生日を迎えるのは彼女の小さな従妹です。スティーヴィー・ワンダーで……」

〝ハッピーバースデイ〟と曲名を告げたあと、ヘイリーは大きな声で、ディスイズフォーユー、レーナ、と言葉をはさんだ。

礼那には信じられなかった。いつかちゃんがここで働いていたとき、なかを見たくてでかけたのに、門番みたいな人と押し問答になった。雪の降る前の晩だった。ガラスごしにステージが見えて、でもなかには入れてもらえなかったのに、いま、そのなかにいる人たちが礼那のために歌ってくれているのだ（実際、客席の人たちまで歌っているのが聞こえた。有名な歌なのかもしれない。ダナまで小声で歌っていた）。

曲が終ると、メンバーが一人ずつ画面に顔を近づけてお祝いを言ってくれた（唇をつきだしたヘイリーと、礼那はエアキスもした）。そのあとイシャムとフレッドがでてていつかちゃんと話したので、礼那は、それまで話にだけ聞いていた二人をはじめて見ることができた。頭がぼーっとするような、自分がどこにいるのかわからなくなるような、それは時間で出来事だった。

シャワー、朝食、荷造り。すっかり馴れたそのプロセスをこなすあいだも、逸佳のなかにはゆうべの余韻がうずまいていた。曲が終るとパソコンがカウンターに移され、そこにイシャムがいた。棚にならんだ酒壜やグラス、手前にはビールサーバー。何を話したというわけじゃない。店は混んでいるようだったし、イシャムは酒をつくる手を止めず、顔だけこちらに向けて、やあＩＴ、どうしてる？　と挨拶してくれただけだ。いきなりアップで登場したフレッドにしても、これは驚いたな、ＩＴじゃないか、まだ国外追放されてなかったのか、と軽口をたたき、バースデイガールによろしくな、とつけ足すといなくなった。あとは店内の喧噪と、バンドの演奏が数分間聞こえ、チャドが現れて通信を切った。

逸佳にとって過去になった場所であり、人たちだった。でも、それはもちろんいまもそこにあり、人々がいて、日々が続いている。フレッドはあいかわらず黒いシャツを着て、銀の首飾りをつけていた。艶光りする黒髪からは、整髪料の匂いまでかぎとれそうだった。

「ねえ、いつかちゃん、これを見て！」

早々に荷造りを終え、ガイドブックを読んでいた礼那が言った。

「うわ、何、これ」

雪のように白い砂漠に風紋が描かれ、青い空がまるで海のように見える、それは写真だった。

「ホワイトサンズ国定公園」

礼那がこたえる。

「エルパソのあたりにあるんだよ。寄れる？」

二人は今夜、深夜バスでダラスに向い、早朝にダラスで乗り換えをして、エルパソ経由でニューメキシコに入る予定だった。逸佳はガイドブックをひきとって読み、すぐに、

「無理」

と断定した。

「ここは車でしか行かれない。それに、エルパソで観光したら、ニューメキシコで観光するお金が足りなくなる」

「そうなの？　お金、もうないの？　いつかちゃんがあんなにいっぱい働いたのに？」

礼那はかなしそうな顔をした。

「大丈夫、あと一都市分はあるから」

逸佳はつとめてあかるい声をだしたが、あと一都市、という言葉には何かとり返しのつかない響きがあって、自分で言っておきながら気持ちが沈んだ。

逸佳が調べたところ、ニューヨークに直通するバスがセントルイスからでていて、休憩をはさみながら二十七時間乗りっぱなしの旅になる。ニューメキシコからセントルイスに直行するバスはないので、乗り継ぎをしながらだから、たぶん二日近くかかるだろう。合計三日の帰路だ。ニューメキシコに行くのをやめて、最後の一都市をシカゴとかアトランタとかにすれば、帰路がぐんと楽になり、お金にもすこし余裕ができる。そうすべきだろうか。

チェックアウトを済ませ（ダナはジュリエットを抱いて静かに、ミセスキートンは賑々しく手をふって、二人で見送ってくれた）、荷物を持って街に向うあいだも、逸佳はまだ迷っていた。とりあえずバスディーポに向っている。乗る予定のバスがでるのは深夜だが、先に切符を買うつもりだった。もし行き先を変えないとすれば――。

「ねえ、れーな」

バスケットゴールがあったり、カラフルなゴミ容器がでていたりする住宅地を歩きながら、逸佳はおずおずと切りだした。

「どうしてもニューメキシコに行きたい？」

礼那はぴたりと足を止め、驚いたように逸佳を見る。

「もちろん行きたいよ？　いつかちゃんは行きたくないの？」

「それは行きたいけどさ」

そして説明した。ニューメキシコまで行ってしまうと、帰りが三日間バスに乗りっぱなしになること、あと一都市をもっと東に設定すれば、帰りが楽なだけではなく、お金にも余裕ができること——。

「いいこと考えた！」

礼那は言った。

「ニューメキシコまで行って、帰りのバス代も使っちゃうの。それからパパたちに連絡するの、帰りのお金がないって。そうしたら絶対送金してくれるよ」

「だめ」

即座に逸佳は断じた。

「そんなの絶対にだめ」

「なんで？　ニューメキシコ見たくないの？　パパたち、きっと送金してくれるよ。飛行機で帰れって言われるかもしれないけど」

どういうわけか礼那に腹が立った。

「だめと言ったらだめ」

礼那を残して歩き始める。小走りについてきた礼那はまだ何か言っていた——「どうして？　だってさ、この旅のお金のほとんどはいつかちゃんのパパとママがくれたお金でしょ？　れーなのパパとママがすこしだしてくれても変じゃないじゃん」——が、逸佳は返事をしなかった。黙々と歩きながら、心ははっきり決っていた。そこまでして礼那がニューメキシコに行きたいのなら行こう。でも、帰りの旅費の無心なんてしない。それはずるいことに思えた。学費および生活費（およびクレジットカード）で勝手に旅をすることと、帰りの旅費だという、礼那の両親が絶対に断れない理由をつけてお金をだしてもらうことは、似ているようで似ていない、と逸佳は思う。どこがどう違うのかは上手く説明できないが、それでもその二つは全然べつなことだ。

大通りにでて、二軒ならんだスーパーマーケットの前にさしかかったとき、

「ちょっと待ってて」

と逸佳は言った。二軒のスーパーマーケットのあいだに、ＡＴＭの機械があったことを思いだしたのだ。手頃な値段のホテルだったとはいえ、延泊分も含めた宿泊料金を支払ったいま、財布に現金を補充する必要があった。バスで郊外に行ったときに見た、黒人男性の写真のついたステッカーを逸佳は思いだしてしまう。自分と礼那の写真のついた、こんな文言のステッカーを想像する。

Itsuka & Reina's travel bond
in New Mexico need money for going home

想像のなかのそのステッカーは不吉で禍々しく、逸佳は急いでそのイメージをふり払う。何らかの奇蹟か自分の勘違いによって、残高が増えていることを期待したが、逸佳の記憶どおりの残高が、画面にあっさり表示された。

従妹を一人にしたのはほんの数分だったのに、逸佳が戻ると、礼那はいなくなっていた。というか、すこし離れた場所にいて、知らない女性と話していた。白人の中年女性で、この寒いのにコートも着ていない（濃いピンク色のセーターが、恰幅がいいだけに人目をひいた）。

「またですか」

いやな予感がして、逸佳はつい呟いた。近づくと、

「あのね、いつかちゃん、あのね」

と、礼那が早口でまくしたてる。

「この人ね、ご主人が迎えに来てくれるはずだったのに、来られなくなっちゃったんだって。途中で車が壊れたから。夫婦で旅行中で、娘さん夫婦と合流するところなんだって。それでね、この人が買物をしているあいだにご主人が娘さんたちを迎えに行って、すぐ戻ってくるはずだったのに戻ってこなくて、電話をしたらね、四十号線で車が故障

して、レスキューを待ってるところで……」

早口すぎて、何を言っているのかよくわからなかったが、

「だからね、橋の向うまでこれを運ぶのを手伝ってあげようよ」

という結論部分だけはわかった。そばに、箱買いした水やビールや缶入りスープやフルーツジュース、食料品やトイレットペーパーで溢れそうなカートが二台置いてあったからだ。

「こんなの重すぎて無理だよ。私たちだって旅行荷物があるのに」

逸佳は言った。こんなに買込む人の気が知れない。

「カートごと運べば大丈夫だよ。リュックだから両手はあいてるんだし」

礼那が言い、うさぎを抱いてるんだからあんたは片手しかあいてないじゃん、と逸佳は思った。が、カート二台を三人でなら、確かに運べそうだった。バスがでるのは深夜なので、時間もある。

「わかった。じゃあ運ぼう」

逸佳は言った。

ピンクのセーターの女性（ミリアムという名前だと、のちに判明する）は、携帯電話で誰かに何かを訴えていたが、荷物を運ぶのを手伝うと礼那が申しでると、電話の会話をぴたりとやめた。

「よかった。救われたわ」

片手を胸にあてて大袈裟に言い、電話の相手には打って変った厳しい声音で、

「ともかくまた電話して」

と短く言って電話を切った。

ガラゴロと、騒々しい音をダブルで立てながら道を歩く。スーパーマーケットの店内と違って、地面はでこぼこであちこちに傾斜や段差があり、重いカートの扱いは、思ったよりずっと難しく、力が要った。一台をミリアムが押し、もう一台を逸佳が押し、身軽な礼那はうさぎを抱いて跳ねるように歩きながら、

「えーっ、じゃあ、何州の住民っていうことになるんですか？」

とか、

「お家（うち）がないのって不安じゃないですか？」

とか、しきりに女性に質問している。ダウンタウンを抜けて川を越える「橋の向う」はひどく遠く、道がのぼり坂になると、逸佳の額には汗が浮かんだ。体格がいいからだろうか、ミリアムはカートを楽々押しているように見える。礼那の質問にこたえながら、同時に夫への文句をもらし続けた。あの人はいつもこうなのだとか、私がいつも言っているのにとか。ときどきスラックスのポケットから携帯をとりだしては、

「かけるように言ったのに、電話もかけてこない」

と呟く。礼那の質問のおかげで、夫妻が夫の退職を機に家を売り払ったことや、かわりに手に入れたキャンピングカーでアメリカじゅうを旅していること、娘の夫が売れない役者であることや、その結婚に、ミリアムがもともと反対だったことまでわかった。ようやく橋に着いたとき、逸佳の両腕は棒のようにこわばっていた。川の水は茶色く、冬の薄い日ざしを浴びて、ゆっくりと流れていく。

「あと一息！」

元気いっぱいの礼那に言われ、橋を渡った。渡りきったところがミリアムの言うRVパーク、キャンピングカーだまりで、広大な駐車場に、キャンピングカーばかりが数十台停まっていた。

「すごい」

礼那が目を輝かせて駆けだし、ふいに立ちどまってふり向くと、

「こんなにたくさんの旅行者がこの街にきてるの？　このリトルロックに？」

とミリアムに尋ねる。

「ノー」

ミリアムは否定し、レンタル用の車両も含まれていることや、RVパークというのは給油したり充電したりするための場所で、用事が済めば通り過ぎるのだということ、ほとんどの車両は前かうしろに普通自動車を連結させていて、〝家〟であるキャンピング

カーをここに残して、普通自動車で身軽にほうぼうへでかけるものなのだということを教えてくれた。そう言われてみれば、キャンピングカーというより、もぬけの殻の箱みたいに見えるものも多い。

「これがうちの車よ」

ミリアムが指さしたのは、光沢のある金茶色の、バスみたいに大きいサロンカーだった。ロックを解除すると、ドアが自動的にするするとあいた。

キャンピングカーの内部というものを、礼那は生れてはじめて見た。十人も坐れそうなソファセット、テレビ、キッチン、バスルーム。ミリアムは、二つある寝室も見せてくれた。

「ほんとうに家みたいですね」

礼那が言うと、

「家だもの」

というそっけない言葉が返った。ミリアムの喋り方は、リトルロックの人たちとは似ていない。

何度も往復して、買ったものを三人でキッチンに運んだ（そのあいだもミリアムは、ご主人が電話を寄越さないことをぶつぶつと怒っていた）。最後の一つ――大量の肉のパックがすけて見えるビニール袋――を持ちあげたとき、その男の人が目に入った。ミリアムのものよりずっと小ぶりな、白いキャンピングカーに給油している。量の多い黒髪、もこもこしたボンバージャケット、バスで見たアーミーパンツではなく、普通のジーパンをはいている。袋を持ったまま、礼那はそろそろと近づいた。

「ケニー?」

オレンジ男だった。

「わあ! やっぱりケニーだ」

礼那は驚いて歓声をあげたが、ケニーは全然驚かず、

「やあ、元気でやってる?」

と笑顔で訊いた。

「リトルロックはどう?」

と、さらに尋ねる。

「すっごく最高だった」

礼那はこたえ、まだリトルロックにいるのに過去形を使ったことで、ちょっと淋しい気持ちになった。

「じゃあ、もうここを離れるんだね」

ケニーが言ったとき、がたんと大きな音がして、給油が止まった。

「れーな、何してるの？」

いつかちゃんがやってきたのでケニーを紹介したけれど、再会に興奮しているのは礼那だけのようで、いつかちゃんも驚かなかった。ケニーには「ハイ」と短く挨拶しただけで、

「肉」

と言って手をだした。礼那はビニール袋を渡す。

「お姉さんの様子はどう？」

礼那がそう尋ねたのは、ケニーが、ここにはお姉さんを助けに来たと言っていたのを思いだしたからだ。

「完全にパニック状態だった」

ケニーはこたえ、連れて帰って葬儀を済ませたと言った。これはお姉さん夫妻のキャンピングカーで、運転の苦手なお姉さんのかわりに自分が取りに来たのだとも。

礼那は驚いてしまった。自分たちがここに滞在していたあいだに、この人はそんなにいろいろなことをしてきたのだ。

「このあとはどこに行くの？」

ケニーに訊かれたのと、

「れーな！」

と、いつかちゃんに呼ばれたのが同時だった。

「ニューメキシコ」

礼那はこたえ、

「いま行く！」

と、いつかちゃんに叫ぶ。

「ニューメキシコ？　じゃあ、これに乗っていく？　俺はこれをアリゾナまで運ばなくちゃならなくて、ニューメキシコなら通り道だから」

礼那は、目の前が突然ひらけたような気がした。


ミリアムがお礼にくれたグラハムクラッカーとフルーツジュースをのみ（たべ）ながら、逸佳はケニーという男の運転するキャンピングカーに乗っている。抗い難い提案だった。知らない男の車に乗ることに抵抗はあったものの、これまでにもヒッチハイクはしてきたのだし、ニューメキシコまで交通費も宿泊費もかからないというのは大きなことだ。三日間バスに乗りっぱなしの帰路ではなく、ところどころでホテルに泊りながらの、ゆっくりの帰路が可能になる。

「揺れないね」

コの字形に配置されたソファの、テーブルをはさんだ向い側に坐った礼那が言った。

「バスよりずっと快適だね」

　窓からの日ざしが、床に四角形をつくっている。

「うん」

　と、逸佳も認めた。ミリアムの車ほどゴージャスではないが、ソファもテレビもキッチンも、タブつきのバスルームもある。

　ケニーは、日が暮れるまで四十号線をまっすぐ西に走り続けると言っていた。日が暮れたら車を停めて、食事をして寝よう、と。翌朝早くに出発すれば、夜にはニューメキシコ州に入れるらしい。ケニーはその翌日もまたまる一日走って、お姉さんの住むアリゾナに行くのだ。

「知ってる！　私たちもそこに行ったよ。ワールド・フェイマス・フライドチキンっていう看板のお店でしょ」

　クラッカーとジュースの昼食を終え、運転席との仕切りに身をのりだしている礼那が、嬉しそうに声をあげた。

「甘いベイクドビーンズをたべた？」

　それからふり向いて逸佳に報告する。

「いつかちゃん、ケニーね、きのうアリゾナをでて、グレイハウンドを乗り継いで、きょうのお昼にリトルロックに戻ってきたんだって。それであのフライドチキン屋さんに行ったって。ほら、れーなたちがバスで淋しいところに行ったあと、街に戻って入ったお店」

「ガスズ」

逸佳は店名をこたえた。

「そう、ガスズだ！　いつかちゃん、よく憶えてるねえ」

礼那が言う。店名も店の様子も、おいしかったことも憶えているのに、ガスズもフライドチキンもすでに遠く感じた。そして、気がつけばまた移動している。礼那といっしょに、ケニーという男のキャンピングカーで。

「いつかちゃん、ケニーは農夫なんだって。アイオワ州で、豆やトウモロコシをつくってるんだって」

礼那がまた報告する。

「お父さんも農夫で、おじいちゃんも農夫だったんだって」

車内はエアコンがきいている上、窓からの日ざしが頭に暖かくあたり、逸佳は目を閉じそうになる。他人の家の居間みたいな風景のなかで、隅に置いた二人分の荷物が異物感を放っている。

ケニーが車を停めたのは、オクラホマ州ヘンリエッタのＲＶパークだった。料理はしないというケニーは街に夕食にでかけ、でもキッチンを使ってもいいと言われたので、礼那たちの夕食は、近くのスーパーで食材を買って、いつかちゃんがつくった。ごはんのない親子丼と、かぼちゃの煮物とトースト、というへんな献立てだったけれど、どちらの料理も意外にトーストに合った。

「まっ暗だね」

車内はもちろんあかるいけれど、窓の外がまっ暗なので、礼那は言った。戸外にいるわけではないのに戸外にいるようで、なんとなく心細い。

「コヨーテとかでそうじゃない？」

自分たちが映り込んでいる窓を見ながら礼那が言うと、

「オクラホマ州ってコヨーテがいるの？」

と訊き返された。

「知らないけど、なんとなく」

電気を点けていると外からまる見えになるので無防備な気がして、さっき礼那はカーテンを閉めようとしたのだが、いつかちゃんはあけておきたがった。

「外が見えない方がこわい」

と言って。ガラスに顔をおしつけると、他にもキャンピングカーが停まっているのが見えたけれど、どの車にも人の乗っている気配はない。周囲には、静けさと闇と冷気だけがあった。

「いつかさ」

礼那は言ってみる。

「こういう車を買って、また二人で旅ができるかな」

できる、といつかちゃんは言わなかった。すこし考えて、

「運転する自信がない」

と言った。でも、

「えーっ」

と礼那が期待はずれを咎める声をだすと、

「わかった。なる。れーなのために、運転できるようになるよ」

と、言ってくれた。

夕食から戻ったケニーがテレビでバスケットボールの試合を観始めたので、礼那といつかちゃんは食器を洗い、順番にシャワーを浴びた。この車には寝室が一つしかなく、とても狭くて、二段ベッドが一つ設置されているだけだった。いつかちゃんが上の段、礼那が下の段を使い、ケニーはソファで寝ることに決る。悪いと思ったけれど、きみたちがいなくてもそうするつもりだったとケニーは言い、それはほんとうであるような気がした。お姉さんと、死んだ（義理の）お兄さんの使っていた寝室。

「ねえ、枕元の棚っていうか収納用のくぼみに、眼鏡が置いてある」

上の段からいつかちゃんが言った。

「水の入ったペットボトルと、錠剤のシートも」

と。下の段のそこには、推理小説と除光液、それにたべかけのチョコレートバーが置いてあった。礼那は、おばあちゃんの家に行くといつも仏壇の前でするように、両手を合せてから眠った。


翌朝、逸佳が目をさましたとき、窓の外はまだ白み始めたばかりだった。知らない人の寝具が気づまりで、ゆうべは夜中に何度も目がさめてしまったので寝不足だったがもう眠れそうもなく、時刻はまだ六時前だったけれど起きて寝室をでると、ケニーももう起きて、コーヒーをいれているところだった。ラジオの天気予報が、ごく小さな音で鳴っている。

「おはよう」

逸佳を見ると、にっこりして言った。

「ごめん、コーヒー、一人分しかいれなかったから、あとで勝手にやって」

と続け、

「早起きだね。もっと寝ていてもよかったのに」

とも言った。

「おはよう」

逸佳はこたえ、ケニーという人は、うらやましいほどふるまいが自然だと思った。赤の他人(たち)といるのに、警戒したり、相手の様子をうかがったりするそぶりもない。Tシャツの上にネルのシャツを羽織り、スウェットパンツをはいているのだが、その恰好だと、すこしお腹がでていることと、太腿がとても太いことがわかる。

言われたとおり、逸佳は自分で自分のコーヒーをいれた。寝室にひき返して礼那を起こし、コートをとってセーターの上に重ねると、コーヒーを持っておもてにでた。冬の朝の匂い。オクラホマ州へンリエッタのそれは、アーカンソー州リトルロックのそれと、全然違う気がした。雪っぽいというか水っぽいというか、胸のすくような、広々した匂いだ。風景がもの淋しいからだろうか。

給油とか給水とか充電とか、ケニーが出発の準備をするのを、逸佳はコーヒーをのみながら見ていた。「いつかさ」ゆうべ、礼那はそう言った。「こういう車を買って、また二人で旅ができるかな」。逸佳は想像する。もしそういう日がきたら、こういう作業も自分たちでするのだ。二人で手分けして、(想像上は)手際よく。

きのう買った食パンも卵も残っていたので、トーストと目玉焼きとバナナの朝食を三人でたべてから出発した。高速道路をひたすら西へ。日が昇ると青空が広がり、バスと違って窓があくので好きなときに外の匂いがかげて、快適な移動だった。ラジオからは、たいてい（ときどきニュースや天気予報や交通情報をはさんだけれど）ケニーの趣味だというラテン音楽が流れていた。

途中でいったん高速道路をおり、知らない街（テキサス州！）のレストランで遅いお昼をたべた。ケニーにもうすぐはじめての子供が生れることや、その子供が男の子だとわかっていること、ケニーのおじいさんとおなじ、オリヴァーという名前をつけるつもりだということを、そのレストランで聞いた（話しているうちに声が聞きたくなってしまったらしく、ケニーは店の外にでて奥さんに電話をかけた）。

「ねえ、いつかちゃん、れーな思うんだけど」

礼那がそう言ったのは、車が高速道路に戻り、また西に向って走っているときで、窓の外はすでに暗くなり始めていた。

「ニューメキシコに行って、そこから東に帰るんだったらさ、アリゾナまで行って、そこから帰ってもおなじだと思わない？」

それは逸佳も考えたことだった。考えたが、口にする勇気がでなかった。ケニーへの遠慮というのではなく（厚かましいことではあるにせよ、頼めば、ケニーはきっと乗せてくれるだろう）、これ以上遠くに行ったら帰れなくなりそうで不安だった。贅沢をしなければ、お金はたぶんぎりぎりで足りる。でも、たぶんで進むのは心配すぎる地点まで来ているし、ここが何かの分れ道だという気がした。

アリゾナはニューメキシコのすぐ隣だ。ガイドブックを見るまでもなく、グランド・キャニオンとかセドナとか、〝ザ・西部〟な景色のある場所だということは、逸佳でも知っている。でも――。もしここが分れ道なら、自分の予感がそう告げているなら、正しい選択をしなくてはならない。

「だめ。乗せてもらうのはニューメキシコまで」

逸佳は言った。

えーっ、という不満の声が返るとばかり思ったが、返らなかった。礼那は逸佳をじっと見て、

「そうなの?」

と訊いた。

「れーなたち、ニューメキシコまでなの?」

と。

自分のなかに何か小さくてもろいものがあり、それがぱりんと砕けたみたいな気持ちが逸佳はした。礼那に謝りたかった。見たいところを全部見せてあげたかったのに――。たとえば自分がもっと大人で、どこででも働けて、もっとながい旅ができたらよかったのに。

逸佳は謝るかわりにただうなずいて、

「あと一都市」

とだけこたえた。いまはね、と心のなかでつけ足すと、かなしみがすこしだけ減った。

「わかった」

礼那はゆっくりとうなずき、窓の外に目を転じる。何を見ていて、何を考えているのか、逸佳にはわからない。

その夜、ケニーは逸佳と礼那が寝室にひきあげたあとも運転を続けた。知らない人のベッドに横たわり、逸佳は、ニューヨークに戻ったら自分はどうするのだろうと考えていた。また大学にアプライするのだろうか。アメリカに残るつもりなら、そうするよりないだろう。ニューヨーク以外の街の大学を選ぶことになるだろう。こんなことをしでかした以上、もう叔母夫婦の家には置いてもらえないだろうし、置いてもらえたところで、いつまたおなじようなことをしでかすかわからない、と警戒されながら暮したくはなかった。

ニューメキシコ州アルバカーキのRVパークに着いたのは午前一時で、眠れずにいた逸佳は、ケニーが車から降りる音を聞いた。ベッド脇の小さな窓をあけると、黒々した夜空に星が光っていた。

どういうことなのかわからない、と、もう何度も考えたことをまた、三浦新太郎は考えている。若い社員(といっても三十代半ばだ)の結婚パーティに夫婦揃って出席しているところで、新太郎はひさしぶりにネクタイをしめている。場所は一軒家のレストランで、メッセージ入りの座席カードも室内装飾も新婚夫婦の手作りという、派手ではないが地味でもまたない結婚パーティで、新太郎はスピーチを頼まれている。

どういうことなのかわからない。疑問は日ごとに大きくなっていく。新太郎が娘のクレジットカードを止めたのは十一月だ。それからもう三か月が経っている。はじめのうち、新太郎はカードを止めれば二人が旅を断念するものと思い込んでいた(そのことを、可哀想にすら思った)。が、そうはならなかった。事件か事故に遭遇したに違いないと気を揉んだが、途切れていた葉書がまた届き始め、二人とも無事であることがわかった。その時点で、新太郎は男だと直感した。二人のうちのどちらか(ということは、年齢から考えて、おそらく逸佳)に男ができて、そいつの家に転がり込んでいるのだろう、と。新太郎自身、かつて似たような経験をした(場所はトルコだった。彼女はどうしているだろう。ラビアという名前だった)。しかし葉書はその後も届き続け、二人は移動し続けている。いちばん最近届いたそれは、カンザス州ウィチタの消印だった。

「このパン、おいしい」

隣で妻が言い、肯定すると、怪訝な顔をされた。

「あなたはまだたべてないじゃないの。いやねえ、うわのそらで」

娘たちの安否について、一時はひどく気を揉んで、毎日のように理生那や潤と電話で話していた妻は、葉書の再開と共に安堵し、心配をやめたように見える。礼那の留年が決ったときにはやたらと申し訳ながっていたが、いまではそれにも心の整理をつけたらしかった。理生那ちゃんもほっとしたみたい。そんなことも言っていた。無事ならいい、というのは新太郎もおなじ気持ちなので理解できる。が、どういうことなのかわからない、という疑問と折り合いがつかない。妻が一体どうやって、疑問と折り合いをつけているのかわからなかった。

「私たちの結婚式のとき、逸佳がもうお腹にいたわね」

妻が言って微笑む。パンをちぎって口に入れると、それはまだ温かく、妻の言うとおりおいしかった。

目がさめるとニューメキシコに着いていた。身仕度を済ませると、礼那は寝室をとびだす。リビングエリアには誰もいず、窓からの日ざしが床に四角形をつくっていた。コーヒーの匂いがする。

おもてにでると、空が広いことに驚いた。RVパーク自体はリトルロックやヘンリエッタとおなじで殺風景なコンクリートの広場だけれど、その外側が枯れ野で、建物が見えないのでただ青空なのだ。まだ九時なのに、まぶしいほど高く日が昇っている。ケニーもいつかちゃんも、影も形もない。

「なんで？」

メモが残されているかもしれないと思い、車のなかに戻った。寝室にもリビングにもキッチンにもない、とわかったとき、二人の姿が窓から見えた。ならんで歩いてくる。

「おはよう」

戻ってきたいつかちゃんは、礼那を見ると笑顔で言った。

「どこ行ってたの？」

怒った声になったけれど、いつかちゃんは気にするふうもなく、

「ダンプステーション」

とこたえる。

「ダンプステーション？」

「そう。車の汚水を処理するところ」

「げーっ」

行きたくない、と思った。でもいつかちゃんは笑って、

「これから車をそこにつけるんだよ」

と言った。

「ちゃんと、見えないようにできてるから大丈夫」

とも。

その処理を見学し（ほんとうに、拍子抜けするくらい何も見えなかった。機械の大きな音だけがした）、給油と給水を（いつかこういう車を買ったときのために）手伝う。といっても、礼那は、先が銃みたいになったポンプをすこしのあいだ持っただけだ。

「腹ぺこだ」

作業が終るとケニーが言い、礼那もいつかちゃんもまったく同感だったので、近くのダイナーまで、枯れ野ぞいの広い道を歩いた。道はどこまでもまっすぐ続いているように見え、またしても礼那は青空の分量に圧倒された。

「サボテン！」

いつかちゃんが声をあげる。

「あっちにもあるよ！」

礼那も指さして言った。実際、それはいかにも無造作に、そこここに生えているのだった。

「あ、サボテン」

「またサボテン」

見つけるたびに言い合っていたら、ケニーに、日本にサボテンはないのかと訊かれた。

「ない」

即答したものの、ほんとうかどうかはわからなかった。それで、

「ないよね？」

といつかちゃんに確かめた。

「ない」

いつかちゃんはこたえたけれど、

「すくなくとも野生のものは」

とつけたした。

ダイナーは、まるで西部劇のセットみたいな建物だった。横長で、こげ茶色一色の木造、大人の胸とお腹だけが隠れる幅の、両開きの扉。そばに大きなサボテンがあり、首飾りみたいに看板がぶらさがっている。

窓際のテーブルを選び、帽子や上着を脱いで坐る。写真つきの大きなメニューから、礼那はフレンチトーストを、いつかちゃんはポテトスープとサラダのセットを、ケニーはパストラミサンドイッチをそれぞれ選ぶ。店はすいていて、礼那たちの他は、奥のテーブルに坐って新聞を読んでいるおじさんが一人いるだけだ。窓の外は日のあたった一本道と、枯れ野とサボテン。

「静かな街だね」

礼那は言った。

「ここは街の中心からすこし離れてるからね」

ケニーが説明してくれる。

「でも、アルバカーキはニューメキシコでいちばん大きな街だよ。交通の要所でもあるし」

「犬！」

いつかちゃんが言い、見ると痩せた野良犬が一匹、窓の外をゆうゆうと歩いていた。黒と茶色が混ざった毛なみで、顔は黒っぽい。

「かっこいい。一人で生きてるのかな」

礼那は感心する。

朝食（兼昼食）が済むと、車に戻り、オールドタウンと呼ばれる街の中心部まで送ってもらってケニーと別れた。東に帰るとき、よかったら農場に寄ってほしいとケニーは言った。何もないところだけれど、馬を飼っているから乗馬ができるよ、と。

「ありがとう」

礼那はこたえ、ケニーの胸に両腕をまわす。この三日間ですっかり馴染みになった、男性化粧品の匂い。ケニーの肌はつやつやしていて、いつもお風呂あがりみたいに見える。

「お姉さんによろしくね」

つけたすと、ケニーは、

「サンクス」

とこたえた。いつかちゃんもおなじように別れの挨拶をし、最後は三人ともあの言葉を口にした。

「テイクケア」

という、便利で心やさしい決り文句を。

ダウンタウンには高層ビルが林立している、とケニーは言っていた。でも、ここオールドタウンに高層ビルはなく、ということは、おなじ中心部でも、ダウンタウンとオールドタウンは離れているのだろう。二人が立っているのは広場だ。周囲には土壁の建物がならんでいる。レストランがあり、教会がある。

「犬！」

礼那が声をあげる。

「あっちにもいる。野良犬が多いねえ」

空気が乾いている。日ざしはまぶしいのに風がつめたく、逸佳はお正月の東京みたいだと思った。その場に立ったまま、地図をひろげる。

「レストランを探してるの？」

声がして、見ると礼那よりも幼そうな少年が立っていた。浅黒い肌、赤いセーターにぼろぼろのジーパン、それよりももっとぼろぼろのスニーカー。

「来なよ。安いし、グッドフードの店があるよ」

「相手にしちゃだめだからね」

逸佳が日本語で言ったのと、

「もうごはんはたべたの」

と礼那が英語でこたえるのと、同時だった。

「じゃあ何？　ホテルを探してるの？　来なよ。安いし、グッドルームなホテルがあるよ」

逸佳はつい笑ってしまう。

「とりあえずバスディーポに行こう」

礼那に言い、歩き始める。バスディーポに行けば質問できる職員がいるし、安いホテルやモーテルのパンフレットもある。

「来なよ！　来なよ！」

うしろで、少年がまだ叫んでいた。

「安いよ！　グッドルームなんだよ！」

「ごめんね！　私たちそこには行かれないの！」

ふり向いて、礼那が叫び返す。広場には幾つもの露店がでている。その多くがターコイズのアクセサリーを売る店で、逸佳は〝サード・フィドル〟の店長のフレッドの、指輪やベルトやブレスレットを思いだした。

ともかく空が広くて青い、というのが礼那の思ったことだった。野良犬が多い、というのも。アメリカではない国に来たような気がするのは、一目でメキシコ移民とわかる顔立ちや衣装（麦わら帽子とかポンチョとか）の人たちのせいばかりではなく、赤土でできた建物の多さや、レストランから漂う（ハンバーガーとかフライドチキンとかとはあきらかに質の異なる）匂い、英語よりたくさん聞こえるスペイン語のせいでもあった。でも、ここもアメリカなのだ。

バスディーポに着くまでに、五回か六回、声をかけられた。全部物売りか客引きで、その半分が子供だった。子供が普通に働いているということに、礼那はなんだか動揺し、動揺する理由なんてないのだと自分に言い聞かせたけれど、ケニーがいなくなったことが心細く思えた。

インフォメーション・カウンターに行くと、ホテルは教えてもらえたが、置いてあったパンフレットの施設――アコマプエブロとか、ペトログリフ国定公園とか――はどれも、車がなければ行かれないと言われた。

「オールドタウンを観光したら？」

褐色の肌の、眼鏡をかけたおばさんの係員はそう言ったけれど、そこにあるのが土産物の屋台と赤土の建物、観光客目当てのレストランと客引きと野良犬だけだということは、いま見てきたのでわかっていた。

「ありがとう。そうします」

いつかちゃんはこたえ、

「ともかくホテルを見つけて荷物を置こう」

と礼那に言った。

「それからオールドタウンじゃないところを歩いてみよう」

と。いつかちゃんの平然とした嘘に礼那は感心する。たったいま、「そうします」とこたえたばかりなのに。

「だって、私たちはべつに、観光名所に行かなくてもいいわけだからね」

いつかちゃんの言葉に、そうだね、と礼那も応じた。ニューヨークからこんなに離れた、外国みたいな土地にいるだけでうれしい。

「レッツゴーだね」

バスディーポをでると日ざしがまぶしく、礼那は、数日ぶりに〝移動〟ではなく〝滞在〟できることへの期待に胸をふくらませた。

が、一時間後、ホテルが決らないまま二人はまたオールドタウンに戻っていた。広場と喧噪、屋台と客引きと観光客のなかに。

「あの子じゃなかった？」

いつかちゃんが目で示したのはベージュ色のジャンパーを着た少年で、探している子とは顔も違った。

「全然違うよ」

だから礼那はそう言った。

「赤いセーターを着てたじゃん。もっと幼い顔つきだったし」

バスディーポで教わったホテルは二軒とも、クレジットカードがないと泊めてくれなかったのだ。〝安いし、グッドルームなホテルがあるよ〟、あの男の子はそう言っていた。

「べつの子でもいいんじゃない？」

いつかちゃんが言い、そのあいだにも、「ホテル？」とか「スーベニア？」とか、知らない大人や子供が声をかけてくる。

「あの子の連れて行ってくれるホテルがどのくらいいいのかわからないし」

それはそうだが、他の人に連れて行かれるホテルだってわからないわけで、そうであるなら礼那としては、さっき断ってしまった子に、お客獲得のチャンスをあげたいのだった。

「もうすこし探してもいい？」

いいけど、とこたえたいつかちゃんの声には、わずかに笑みが混ざっていた。

揚げ菓子の屋台から漂う甘い匂い、歌ったり語ったりしている大道芸人、何本もの竿にびっしりぶらさげられた、派手な色合いの服やスカーフ。それらのあいだを、きょろきょろしながら歩いた。両側にある建物の入口や、狭い路地にも目を配ったが、心ならずも礼那が見つけてしまうのは野良犬ばかりだった。

「見て」

そのたびに礼那はいつかちゃんに知らせた。

「かしこそうだねえ」

とか、

「まだ小さいのに、ちゃんとここで生きてて立派だねえ」

とか、感想も添えて。

結局、男の子を見つけたのは礼那でもいつかちゃんでもなかった。

「そういえば、絵葉書のストックがもうない」

そう言ったいつかちゃんにつられて礼那も立ちどまり、それのたくさんささったスタンドを回して選んでいるときに、

「あなたたち、まだいたんだ」

と、男の子の方から声をかけてきたのだった。いつのまにか二人の背後に現れて。

「ヘイ！　ユー！」

礼那はつい大きな声をだす。

「どこにいたの？　私たち、あなたを探してたのよ」

男の子は大きな目で礼那を見つめ、そんなことを言われても、とでもいうように肩をすくめた。

男の子に連れて行かれたホテルは広場から遠く、普通の街なかにあった。何の変哲もない小さなビルの、一階の窓に〝HOTEL〟というネオンサインがでていることを除けば、全くホテルには見えない。男の子からは事前に、「ほんとうは一人一泊百ドルなんだけど、オフシーズンだから二人で一泊八十ドルでいいよ」といういかにもいいかげんな説明を受けていたが、こんな小さな子（たぶん十歳くらいだろう）の言うことをあてにしていいのかどうか、逸佳にはわからなかった。が、前払いすれば現金で構わないということなので、カードのない身としては、あてにしてみるよりないのだった。

ドアをあけるとベルが鳴ったが、薄暗いホールには誰もいない。生の玉ねぎに似た匂いがする。古めかしい応接セットとカウンターデスク、ガラスのはまった飾り棚が置かれている。男の子がスペイン語で何か叫ぶと、奥から太った女性がでてきた。白いブラウスにたっぷりしたスカート（メキシコ国旗とおなじ色合いのストライプ柄）、エプロン。黒髪をうしろで無造作に束ねているのだが、逸佳が驚いたことに、その髪はキティちゃんのゴムで留められていた。男の子が早口のスペイン語で女性に何か説明し、女性はもの憂げにうなずく。

「パスポート」

要求されるままにそれを二冊渡し、二泊分の料金（ほんとうに、二人で一泊八十ドルだった）を支払うと、あっさり鍵をもらえた。

「ミゲル」

女性に促され、男の子は直立不動の姿勢になって、

「ここは清潔で安全な、家族経営のホテルです。パーティは禁止、喫煙は禁止、ペットの持ち込みも禁止です。以上」

と、今度は早口の英語で言った。

「わかった。ありがとう」

逸佳はこたえ、男の子のあとについて階段をのぼった。

「チップ、あげた方がいいよね」

礼那が小声で言う。階段には埃くさい赤いじゅうたんが敷きつめられている。

部屋(電気をつけても薄暗く、口上ほどには清潔そうにも安全そうにも見えなかったが、とりあえずベッドとシャワーとトイレのある部屋)に案内してくれた男の子は、最後にまた早口の英語で、

「街でいちばんのメキシカンフードをたべたいなら、行くべき場所はこのホテルのレストランだよ」

と、言った。

アリーナのなかは寒い。コートの衿元にマフラーをたくし込み、手を温めるために腕組みをして観客席に立っている理生那は、問題は潤ではないのだと思った。潤ではなく、たぶん理生那自身なのだ。最近あまりにも頻繁になり、ほとんど原因も思いだせない口論にしても、潤が一方的な物言いをするのはいまに始まったことではないのだし、黙ってやりすごすべきだったのだろう。この人は弱いのだから。隣で、やはりコートの衿元にマフラーをたくし込み、革の手袋をつけて立っている潤は、「行け!」とか「抜け!」とか「Damned it」とか、ののしるときだけなぜか英語で、息子に声援を送っている。実際、娘の不在に動揺するあまり不機嫌になるしかないらしい夫を、理生那は気の毒に思う。気の毒に、哀れに。

リンクの上では譲が試合をしている。スケート靴をはいた足で危なげなく動きまわり、

スティックを器用にあやつって。

はじめてチームに入ったときの、ヘルメットもプロテクターも大きすぎて、ユニフォームのなかで本人が見えなくなってしまう姿を理生那はよく憶えている。自発的に足を使って滑るのではなく、立ったまま、風に流されるように動いて行くように見えたことも。

二対〇とリードされて第一ピリオドが終り、理生那は座席に腰をおろす。水筒をあけ、蓋に紅茶をついで夫に手渡す。この人が悪いわけではない、と、理生那はもう一度思った。が、ひさしぶりに間近で見る夫の横顔は、口元が赤い蓋で隠れた知らない男の横顔にしか見えなかった。おなじ日本人だというだけで、自分とは何のかかわりもない男の人のようにしか――。

「ニューメキシコって、ほんとにメキシコっぽいんだね」

礼那が言う。ワカモレ、セビーチェ、カルニタス。テーブルには〝街でいちばんのメキシカンフード〟がならんでいる。部屋同様レストランも薄暗く、二人の他に、客はいない。けれど奥のテーブルで経営者一家が食事をしており、ミゲルの口上のうち、〝家族経営〟という点については間違いなくほんとうのようだった。

「さっき行ったスーパーマーケットだって、どこにでもあるアメリカのスーパーなのに、売ってるものが他の州とは全然違ってたからびっくりしたよ。お菓子の名前がスペイン語だったし」

確かにそうだった。メキシコに行ったことはないが、昼間見た空の青さもメキシコだったと逸佳も思う。日なたと日陰のコントラストの強さも。

「ミゲルいないね。まだ仕事してるのかな」

経営者一家のテーブルをふり返って逸佳が言うと、

「ここはミゲルの家じゃないもん」

と礼那がこたえた。

「そうなの？」

「そうだよ」

礼那がなぜそれを知っているのかわからなかった。

「スーパーから帰っていつかちゃんがシャワーを浴びているときに、アレリとディアナから聞いたの。といっても、ディアナはまだほとんど英語が喋れないんだけど」

礼那が説明する。

「ここの経営者はミゲルの叔父さんなの。ミゲルのお父さんはいま無職で、だからミゲルはここの勧誘を手伝ってるんだって」

説明しながら、〝本日のおすすめ〟だと言われたカルニタス（正体が豚肉であることしか逸佳にはわからない）にフォークをさした。

「これ、おいしいね」

　と呟いてから口に入れる。

「で、アレリとディアナっていうのは誰？」

　尋ねると、

「あそこにいるいちばん年上の女の子がアレリで、いちばん小さい女の子がディアナ」

という返事だった（経営者一家は大家族なのだ）。

「メキシコ人の名前ってね」

　礼那の説明は続く。

「日本の漢字に意味があるみたいに、一つずつに意味があるんだって。それでね、アレリは〝神のライオン〟っていう意味で、ディアナは〝輝く〟っていう意味なんだって」

　逸佳はまたふり返り、その二人を観察した。〝神のライオン〟は十五歳くらいのほっそりした美人で、ヘチマ衿のニットカーディガンにジーンズという服装、〝輝く〟はまだ三歳か四歳の少女で、ぽやぽやした髪を頭のてっぺんでひっつめ、臙脂色の、だぶだぶのジャージの上下を着ている。

　おなじ場所をいっしょに旅していても、と逸佳は考えてしまう。おなじ場所をいっしょに旅していても、知らない人と知り合うことに関して、自分と礼那は全然違う。逸佳には、それは単に自分が人見知りであるとか、礼那が社交的であるとかの問題ではないような気がした。もっと本質的な、心のありようの問題に思える。

「たべないの?」

礼那に訊かれ、

「たべてるよ」

とこたえた自分はたぶん礼那よりも心が狭いのだろうと逸佳は思った。

きょうも青い空だ。いつかちゃんが言うには(というのはつまり、ガイドブックに書いてあったのだと思うけれど)、「ニューメキシコ州は雨がすくなく乾燥していて、晴天率が高い」らしい。旅先でホテルからでるとき、天気がいいと力が湧く。うれしさが増し、駆けだしたくなると礼那は思う。

アルバカーキ駅は、小さくてかわいらしい駅だった。オレンジ色の屋根と赤い鉄柵。そのどちらにも日ざしが反射してまぶしい。

「なんか、あったかいね」

礼那は言った。

「ちょっと前に雪だらけの街を見たなんて信じられない」

と。うさぎのぬいぐるみをベンチに坐らせてみる。それを眺め、心のなかで、きみ、いまアルバカーキにいるんだよ、と言った。礼那にとって、それが写真を撮るかわりだった。この時間が過ぎてしまっても、ここにいた証拠をうさぎのなかに残すことが。

「電車、来るよ」

いつかちゃんが言った。

ニューメキシコ・レイルランナー・エクスプレスは、白い、二階建ての列車だった。車体が新しげで、座席もゆったりしている。二階席を選んで坐ると、いつかちゃんはすぐに耳にイヤフォンをはめた。礼那はチョコレートを持ってくればよかったと思った。朝食を抜いたので、おなかがすいていたのだ。ついたらすぐお昼ごはんだからね、と、礼那はまた心のなかでうさぎに話しかけて、やわらかい頭をぽんぽんとなでた。

二時間後にサンタフェについても、けれどすぐお昼ごはんにはならなかった。「まだ十一時じゃん」と、いつかちゃんが言ったからだ。

サンタフェの駅も小さくてかわいらしく、外から見ると、まるで普通の家みたいに見えた。いつかちゃんが言うには（ガイドブックによれば）、駅からダウンタウンの中心部まで、歩いて十五分らしい。

「きれいな街なみだね」

いつかちゃんが言い、目を細めた。アルバカーキよりもっと高い建物がなく、もっと赤土の建物が多い。

「もっと外国だね」

礼那もこたえ、また駆けだしたい気持ちになった。風がやわらかい。

「まだ二月なのに、なんか春みたいだね」

「ちょっと待ってね」

いつかちゃんが地図をひろげる。

「サウスグアダルーペ通りから、サンタフェ川に沿って右にまっすぐ」

と言う。

「知らない街だね。遠くに来たっていう気がするね」

礼那は腕を従姉の腕にからませ、ぎゅっとくっついて言った。


違和感、という言葉が正しいかどうかわからなかったが、逸佳にはそれが（あるいは何かそのようなものが）あった。ニューメキシコ州に来てからというもの、どういうわけか、自分がここにいるのにいないような気がするのだ。あかるい街なみを見て歩くあいだも、カフェで名物だというチリコンカルネ（大きなボウルにたっぷり盛りつけられていて、二人で分けても全部はたべきれなかった）を前にしているあいだもずっとそれがあり、そのせいで風景も人々も、礼那さえも遠く感じた。自分だけが時間の外側にはみだしてしまったか、逆に自分以外のすべてが現実離れしてしまったか、のどちらかであるように思える。

「いろんなお店がいっぱいあるね」

うれしそうに礼那が言う。実際、ここは観光客に親切な造りの街で、すこし歩いただけで洒落た店やレストランが幾つも見つかる。建物の軒下には露店がならび、アクセサリーや陶器やスパイスを売っている。もちろん、名所旧跡もおそろしくたくさんある。サンミゲル教会、オールデスト・ハウス、聖フランシス大聖堂。

時間の外側にはみだしてしまったような気持ちは、〝あと一都市〟と決めたことに関係があるのかもしれなかった。ここがそれで、だからこのあと自分たちは家に帰らなくてはならないということに。

「見て、いつかちゃん、五人目」

礼那が言った。半袖姿の観光客を数えているのだ。いくら日ざしが暖かいとはいえ、半袖は極端だろうと逸佳は思う。いまこの瞬間にも、ニューヨークは雪かもしれないのだ。

「骨！」

声をあげ、動物の骨（！）らしきものをならべて売っている露店に礼那は駆け寄って行く。立ちどまった逸佳は違和感の正体に気づく。ニューヨークだ。自分たち二人はまだここにいるのに、ニューヨークがはるか遠くからここを侵食しているのだった。

お嬢さん（Sweetie）、というかすれた声がしたとき、礼那はてっきり自分が話しかけられたのかと思った。声の主はアクセサリーを売っている女の人で、礼那が見ている骨の露店の、隣に店をひろげていた。店といってもただの黒い布で、銀製の指輪や腕輪や首飾りが、その上にならんでいるのだった。女の人は、でも礼那ではなくいつかちゃんを見ていた。

「お嬢さん、あなたよ（Sweetie, hey, honey）」

背の高い、ひどく痩せた中年の白人女性で、銀色のアクセサリーをあちこちに重そうなほどたくさんつけている。

「いつかちゃん、呼んでるよ」

ぼんやりしていたいつかちゃんは、礼那が声をかけると、

「何？」

と日本語で言って近づいてきた。

「あなたにはこれが要るわ」

女の人が言い、缶にざくざく入っている色石のなかから、一つをつまんでさしだした。

「売ろうとしてるんじゃないのよ。ただ取っておいて」

いつかちゃんは手をださない。ハニー、スウィーティ、と、女の人は言葉を重ねた。

「私には魂が見えるの。私を信じて、ただ取っておいて」

「魂が見えるの？」

礼那は訊き返す。そんなことを言うなんて、へんな人に違いないと思った。ニューエイジとか、オカルトとか？

「たぶんこれから一年か一年半、あなたは新しい局面に入る。あなたにはこれが要るわ」

礼那が驚いたことに、いつかちゃんはその石を受け取った。小さな、紫色の石だった。

「アイオライトっていうのよ」

女の人が言い、いつかちゃんはお礼を言って、その石をコートのポケットに入れた。

ケニーの言ったとおりアルバカーキは交通の要所で、バスや鉄道を使えばあちこちに遠足ができた。どこに行っても日干しレンガの建物があり、素朴で感じのいい教会があった（チマヨでは、小さな教会の敷地に湧きでている〝奇蹟の砂〟というものも見た）。先住民族にまつわる博物館があり、土産物屋があり、サボテンがあった。ホテルを延泊して遠足を重ね、家族へのお土産（母親にはチリパウダーと刺繍(ししゅう)つきの布巾、父親には小さな木彫りのコヨーテ、弟にはバッファローのあばら骨）も買って、夜のバスディーポに立っているいま、礼那は、もう西部は十分見た、と感じていた。実際十分以上で、空気の乾燥した土地にながくいすぎて、自分の身体まで乾いてきた気さえする（昼間、喉が渇いてコーラばかりのんでいたので、おなかはたぷたぷだけれど)。

「なつかしい匂いだね」

埃と排気ガスのまざった匂いをすいこんで、礼那は言った。

「アメリカに戻った気持ちがする」

と。一人旅の男性客たち(一組だけ男女のカップルがいた)にまざって大型バスに乗り込みながら、手順にもアイドリング中の振動にも車内の雰囲気にも、すっかり慣れている自分を礼那は発見した。

うしろから二列目の、二人掛けの席にいつかちゃんとならんで坐る。ほとんどホテルの部屋に着いたときのように、ダウンジャケットを脱いだりノートとペンをだしたり、読書灯をつけたり水のボトルをホルダーにさしたり、身のまわりを快適なように整える。隣でいつかちゃんもおなじように身のまわりを整え、最後にイヤフォンをはめた。音楽は、二人の旅にいつかちゃんが持ってきて、礼那が持ってこなかったものだ。いつもいつも音楽を聴いていたい人の気持ちが、礼那にはよくわからない。それに、イヤフォンをつけているときのいつかちゃんは、そばにいるのにいないひとのように感じる。だから礼那はときどきいつかちゃんの腕や腿に触って、従姉がちゃんとここにいることを確かめなくてはならない。

注意事項がアナウンスされ、ドアが閉まった。時計は九時ちょうどをさしている。このバスはテキサス州とオクラホマ州を経由して（たぶんあいだに何度も休憩をはさみながら）、あしたの夜十時二十分にセントルイスに着く予定だ。礼那たちはそこでべつな深夜バスを待つ。乗り換えてしまえば、朝にはシカゴに到着する。そのルートがいいと、二人で相談して決めた。切符まで買ったのに行きそびれたシカゴの街を、ぜひとも通りたかったからだ。

動き始めたバスのなかで、礼那はノートをひらく。二月十三日、夜、と礼那は書いた。アレリに教わって夕食に行ったレストランがお洒落だったこと（屋外で、テントみたいな屋根が張られ、オレンジ色のちょうちんがたくさんぶらさがっていたこと）、豆のサラダと炭火焼きの鶏をたべ、またしてもコーラをのんだことを書き、グレイハウンドバス、時間どおりに出発した、と書く。車内は静か、いつかちゃんはイヤフォン、とも。揺れるので、ときどき字が歪(ゆが)んでしまう。

ジェイ・Zを聴きながらうとうとしていた逸佳は、奇妙な夢をみた。夢のなかのそこは美術館か図書館のような立派な建物のエントランスホールで、高い天井は吹き抜けになっている。壁は淡い黄色で、二階部分にぐるりと通路があり、白い柵が設(しつら)えられている。ホールの中央に立った逸佳は熱があるときのように意識が朦朧としていて、これは夢だ、と半分認識しながら、この場所を自分は確かに知っていて、ここにいることの方が現実なのだ、という気もはっきりとする。とぎれとぎれに音楽が聞こえ、それはジェイ・Zのはずなのにジェイ・Zのようには聞こえず、なにかもっと荘厳な、オペラみたいな響きを帯びて、高い天井まで満たす。これは夢だ、という認識と、どういうふうにしてだか自分はいまほんとうにここに来ているのだ、という認識が、不思議なくらい矛盾なく逸佳のなかにあり、ここがどこで、いま自分が何をすべきなのか、必死に思いだそうとした。思いだせるはずなのだ。そのうちに壁が回り始める。二階部分の白い柵ごと、その内側に立っている人々ごと。誰も言葉を発していない。ただ静かに逸佳を見おろしている。男も女も子供もいる。知っている人だという気がするのに、誰なのか思いだせない。アメリカ人だということだけがわかる。暑い、と思って目をさました。車内は暗く、暖房がきいているが、暑いのは暖房のせいではなくて、自分の身体のせいだとわかった。自分の身体が内側から、ばんばん熱を発しているのだ。

「暑い」

逸佳は呟き、手のひらだけでも冷やしたくて、闇しか見えない窓ガラスに両手をつける。ついで顔も。ガラスがたちまち一面に曇り、逸佳は自分が現実に高熱をだしていることを知った。

三浦新太郎は電話を置き、

「わからん」

　と呟く。晴れた午後で、洗ったカーテンを乾かすために窓をあけてあるので、どこかの家の沈丁花の匂いが入ってくる。

「帰りの飛行機も羽田からなんでしょう？　関空からとかじゃなく」

　第二陣として洗ったカーテンをべつな窓に吊るしながら、脚立に乗った妻がふり向いて訊く。

「帰る前に会えるんじゃない？　羽田からなら」

とも。一時停止にしていたＤＶＤ（仕事上の必要があり、鎌倉で農業を営む若者たちのドキュメンタリー番組を観ているところだった）の再生ボタンを押し、

「それはまあ、会えるだろうけどさ」

　と新太郎はこたえた。

「ニューヨークって、いま何時なんだっけ？」

「夜中よ。十二時半」

　義弟は起きているかもしれないが、電話をかけるには遅い時間だ。

「そんなに心配するようなことじゃないかもしれないわ。だってほら、理生那ちゃんたちは今年、お正月にも帰らなかったわけだから」

「うん」

肯定したが、疑問は残った。正月にも帰らなかったのに、なぜいまなんだ？　新太郎の知っている理生那は、ひどく生真面目な性格だ。礼那と逸佳が行方不明のいま、夫と息子を残して帰国するというのは理生那らしくない。

新太郎が妹の帰国を知ったのは偶然だった。件の若者たちのドキュメンタリー番組に関して、それを貸してくれた叔父に確認したいことがあって連絡したところ、話のついでのように、「そういえば、理生那ちゃん帰っとるよ」と言われた。それで実家に電話をすると、果して理生那がいたのだった。

「急にこっちの空気が吸いたくなっちゃって」

というのが妹のした説明だった。

「ちょっとのんびりしたらすぐ帰るから、新ちゃんに連絡するまでもないと思って」

というのが。

理解できない話ではない。以前にも子供たちだけを連れて帰国したことがあるし、譲ももう赤ん坊ではないのだから、短期間なら母親がいなくても何とかなるのだろう。岡山と東京は距離があるから、自分に連絡がなくても不自然ではない。

電話口の理生那は元気そうだった。墓参りをしてちらし鮨をたべたと言った。叔父の家の犬の散歩をひきうけているとも。

「でも、なんでいまなんだ？」

つい声にだして言うと、妻が笑った。

「直接訊けばいいじゃないの。そんなに気になるならもう一度電話して」

新太郎は黙る。仮にもう一度かけたところで、何かがわかるとは思えなかった。

「あした潤に電話するよ」

それでそう言い、テレビ画面に集中することにした。


バスを降りると星空だった。けれどすでにぼんやりとあかるい。

「ミールストップ（食事休憩）って言うけど、これ何ごはんなのかな」

礼那は言い、夜あけ前の空気を深々と吸う。

「四時間くらい前にもあったじゃん？　ミールストップ。あれは深夜食で、いまが朝食ってことなのかな」

眠かったし、いつかちゃんも眠そうだったので、そのときにはバスを降りなかった。知らない街での休憩時間は、でもちょっとおもしろいと礼那は思う。

「ここどこかな。もうテキサスは過ぎた？」

標識の類を探してまわりを見たが、それらしいものは見あたらない。

「どうだろう。わからないな」

いつかちゃんが言った。

そっけない建物に入り、トイレに行ってからテーブルにつく。

「何かたべる？」

いらない、とこたえたいつかちゃんは、目がとろんとしていて眠たそうだ。

「見てくる」

礼那は言い、フードカウンターに向った。室内は食堂というより教室のようで、煮つまったコーヒーの匂いがする。おなじバスに乗っていた人たちが、セルフサービスのソーダを注いでいたり、自動販売機のドーナツを買っていたりし、名前も知らない人たちだけれど、ちょっと仲間だと礼那は思う。

カウンターのうしろの黒板を眺め、テーブルにひき返して、

「温かいものはミネストローネとバーガー。あとはパックのサラダとサンドイッチしかないみたい」

と、いつかちゃんに報告した。

「いらない。れーなは好きなものたべて」

いつかちゃんはにべもない。礼那も空腹ではなかったが、せっかくバスを降りたので、何かたべたい気がしてミネストローネスープを買った。

「ねえ、いつかちゃん、見て」

カウンターのうしろのおばさんや、モップで床を拭いているおばあさんを目で示し、

礼那は従姉に言う。

「こんな時間でも働いている人たちがいるって、すごくない？」

ミネストローネスープはぬるくていまいちの味だったけれど、礼那は、レストランではないのだから仕方がない、と思うことにした。


バスはまたひた走り、逸佳はきれぎれの夢をみながら浅い眠りを眠った。ガラス越しに射す日がまぶしいのでカーテンを閉め、音楽はじゃまなのでイヤフォンははずして、すこしでも楽な姿勢をとろうと、ときどき身体の向きを変えながら眠った。のだが、熱のせいであちこちの筋肉が痛み、身体の内側は熱いのに表面は寒い、という状況が不快ですぐに目がさめてしまう。途中で、退屈したらしい礼那が誰かと喋っているのがわかっても、薄目をあけて相手（学生らしいカップル）を確認しただけで、咎める気力はなかった。さらに二度のミールストップと、運転手の交代、何度目だかわからないレストストップがあって（逸佳は、トイレに行く必要のあるとき以外はバスを降りなかった）、窓の外が夕日を経て夜になり、ようやくセントルイスに着いたときには疲労困憊し、自分の頭も手足も他人のもののようにしか感じられなかった。熱のことはシカゴに着くまで礼那に言わないつもりだったのに、

「いつかちゃん、よく寝てたねえ」

という礼那の言葉に反応し、

「ていうか、発熱してるの」

と言ってしまったのも、思考停止だったせいかもしれない。ともかく疲れていて、会話をするのが億劫だった。ちょうどバスのステップをおりきったときで、

「えーっ！」

という礼那の大声は、エンジン音と排気ガスの充満した夜気にすいこまれた。

「いつから？　風邪？　食あたり？　何？　なんで言わなかったの？」

予想されたことだが礼那は騒ぎ、

「じゃあもう今夜の移動は無理じゃん、ホテルを探さなきゃ。あとドラッグストアも」

と言い、

「シカゴまでの切符、変更できるか訊いてくる」

と言って、建物内に駆け込んで行った。

この街は風がやわらかい。吉井川に沿ってなつかしい道を歩き、神社を過ぎ、とうに廃業しているのに看板もウインドウもそのまま残っている美容室を過ぎ、消防署の角を曲がった。渡米してからの六年間、一人で帰国したことはこれまで一度もなかった。なんとなく、してはいけないことのように感じていた。実際にしてしまえば、でも、何も

難しいことではないのだった。譲には、ランチは毎日学校に来る販売車から好きなものを買うように言った。夕食は潤と外食をするかピザをとるかすればいいし、潤の帰りが遅くなるときには、アリスが来てくれることになっている。アイスホッケーの練習への送迎は、ミックのママがひきうけてくれた。

「でて行けば家庭放棄と見做(みな)すぞ」

潤はそう言ったが、理生那はとりあわなかった。

「すぐに帰ってくるわ」

必要なことだけを伝え、植木に多めに水をやってでてきた。

青い空だ。この道を、かつて自転車に乗って通学した。遠いことを思いだし、理生那は微笑む。潤に出会う前の自分がどんな人間だったか、理生那はほとんど忘れていた。この街に住んでいたころ、理生那はまだ毎日制服を着ていた。成績はよかったが運動が苦手で、クラシック音楽部に所属していた。ボーイフレンドはいなかったが、上級生に手紙をもらったことはあった。毎晩ラジオを聴いていた。鈴木麻美という名の親友がいた。この街にいたころの自分は、考えてみればいまの逸佳くらいの年齢だったのだ。

当時は足を踏み入れたことのなかった、けれどここ数年は帰国するたびに訪れている木造の建物の、壁にはガラスケースがとりつけてあり、なかの紙には黒々とした墨文字で、〝自分を愛してくれる人だけを愛しても、神の恵みは得られません（ルカの福音書、

第六章より）〟と書かれている。たぶん、前回のお説教のテーマだったのだろう。いまの自分には皮肉なテーマだと思った。理生那には、自分がこれからも潤を愛せることがわかっている。家族なのだから、愛することはそんなに難しくない。難しいのは——というより、不可能だと思えるのは——、潤を信頼することだ。

扉を押しあけて、湿った木の匂いのする教会のなかに入る。誰もいない通路を進み、信徒席の一つに腰をおろした。質素な教会だ。昔は町内会の集会所も兼ねていたと聞く。信者の手作りだというステンドグラスは、中央に配された十字架と百合の花だけがブルーと黄色の色ガラスで、他の部分は潔く透明で美しい。

もしいつかこの街に帰ってきたら、ここに通うことになるのだろうと理生那は想像する。それはいまではない。いまではないが、いずれその日はくるのだろうと、嬉しくも悲しくもない平らな気持ちで理生那は思う。

今夜は従兄の家に夕食に招かれている。あしたは一人で倉敷にでかけ、美術館に行く予定だ。

レッサーパンダは元気がいい。空中高くに張られた綱の上を、素早く、危なげなく渡っていく。深みのある赤毛も、顔のかわいらしさも礼那好みだ。でも、一人で歩く動物園は広すぎて、誰にも「見て！」と言えないのでつまらない。曇り空だ。しまうまはやさしそうに見え、フラミンゴは観客に無関心そうに見えた。動物園は坂が多い。

売店で水を買い、礼那はベンチに坐った。鳩が一羽、丸太でできた柵の上にとまっている。すこし離れたベンチでは、父子連れが何かたべている。

おとといの夜にセントルイスに着いてから、いつかちゃんはずっとモーテルの部屋で寝ている。ただの風邪だからすぐに治ると本人は言うし、たぶんそうなのだろうと礼那も思うけれども、いつかちゃんの寝ている部屋のなかは病気の匂いがして、それが礼那を心細くさせる。

ゆうべはリタとごはんをたべた（ここに動物園があることは、そのときリタが教えてくれた）。リタはかわいい。十九歳だけれど十七歳くらいに見える。バスに一緒に乗ったカップルの女の子で、発熱したいつかちゃんを心配し、モーテルを探すのを手伝ってくれた。バスのなかでは仲がよさそうに見えた二人なのだけれど、ゆうべのごはんにガス（というのが男の子の名前だ）はやってこず、リタは、もう別れるつもりなのだと言っていた。ガスは「アメフトのことしか考えていない」らしい。

水のボトルを布の袋に入れ、立ちあがってうさぎを抱き直す。そろそろモーテルに帰った方がいいだろう。いつかちゃんの食料調達係は礼那が務めているけれど、きのう、いつかちゃんはほとんど何もたべてくれなかった。これが、もしただの風邪じゃなかったらどうしよう。礼那は、もう何度も考え、考えるたびに不安で頭が爆発しそうになったことをまた考える(そして、また不安で頭が爆発しそうになる)。もしこれが何か悪い病気で、すぐに入院とか手術とかが必要だったら? 部屋に戻ったとき、もしいつかちゃんが息をしていなかったら? そんなはずはない、と思うけれど確信は持てず、礼那は足を速める。モーテルまでは、メトロリンクで駅七つだ。

礼那が戻ったのは物音でわかり、

「おかえり」

と逸佳は言ったのだが、かすれた小声しかでなかったので、礼那の耳に届いたかどうかはわからなかった。

「いつかちゃん、ただいま。起きてる?」

声がして、顔をのぞき込まれる。

「ごめん」

謝ったのは、情なかったからだ。熱をだすなんて——。旅を停滞させてしまった。

「それ、きのうも聞いた。何か他のことを言って」

そう言われ、

「動物園はどうだった?」

と訊いてみる。

「広かった。みんないたよ」

「みんな？」

「きりんとかしまうまとか、動物園にいそうなものはみんな」

熱測った？　と訊かれ、測ってない、とこたえると、体温計を渡された。

「ちょっとだけ窓をあけるよ」

礼那は言い、言うが早いか、まずカーテンを、次に窓をあける。部屋のなかの空気が動く。

一泊五十二ドル、現金払い可、のモーテルは壁が薄く、窓をあけなくても隣室の水音や話し声や、テレビの音が聞こえていた。が、この部屋自体の空気は静止したままで、それが息苦しかった。さっきまでは。

「あしたにはチェックアウトするから」

逸佳は言い、

「これはもういらない」

と続けて、首すじにあてていた保冷剤（体温計やアスピリン、冷蔵庫のなかのバナナやヨーグルト同様、礼那が買ってきてくれたものだ）をはずした。ピピピピッ、と小さいながら耳障りな音がして、逸佳は体温計をわきのしたからとりだす。

「平熱！」

微熱が残っていたが、そう言った。おとといの高熱にくらべれば平熱みたいなものだし、自分が回復してきていることが、はっきりわかったからだった。

妻も娘もいない家のなかを、潤は必要に迫られて普段より慌しく歩きまわっている。二階の寝室から一階の台所へ、半地下のランドリーから二階のバスルームへ、また一階の台所へ――。天気のいい朝だが、譲はまだ起きてこない。家じゅうどこに行っても自分のアフター・シェイヴ・ローションの匂いが漂っているようで、そのことも潤には不快だった。

妻が突然帰国すると言いだしたとき、だめだと潤は明確に伝えた。にもかかわらず、妻は一人で帰国してしまった。何かあったのかという電話が義兄からはかかってきた（潤は何もないとこたえた。自分にさえわかっていないことを、どうすれば義兄に説明できるというのだろう）が、理生那本人からは何の連絡もない。潤は義兄にも腹が立った。これはそもそも義兄夫婦の蒔いた種だとも言えるのだ。平和だった我家に逸佳を送り込んだのは彼らなのだから。潤はこうして台所にいても、居間に飾られている何枚かの家族写真――コニーアイランドの海辺で撮ったものとか、裏庭でバーベキューをしたときのもの（譲はまだヨチヨチ歩きだった）とか――をはっきりと目に浮かべられる。

いずれも逸佳以前の我家であり思い出だった。

紅茶をいれようとしていつものマグを手にとり、ふいに気が変ってべつなカップを選んだ。どれを使おうと勝手だと思った。妻は家庭を放棄したのだし、最初に手にした茶色い素焼きのマグにしても、べつに潤が好んで自分用にしたわけじゃなく、理生那が勝手に潤用に決めただけなのだから。

「おはよう」

ようやくおりてきた譲が言ったとき、小鍋のなかでは湯が沸き立ち、無数の気泡といっしょに卵が二つ躍っていた。

「おはよう。すぐ茹で玉子ができるぞ」

「ママがパパに、きょうゴミの日だからだすの忘れないようにって」

内心の苛立ちを、潤は押し隠した。去年のクリスマスにねだられて買ってやった譲の携帯電話には、母親からの連絡があるらしい。電話だったのかメールだったのか、ゆうべのことなのか今朝のことなのか、さえ潤にはわからない。

「ぼくがだすよ」

「え？」

訊き返したのは、何の話かわからなかったからだ。一瞬、理生那のメールへの返信のことかと思ったが、譲は短く、

「ゴミ」

と言った。

「ゴミ？　そんなものはいいよ、パパがだすから」

だすつもりはなかったが、譲が不憫(ふびん)でそう言った。

「お前は心配しなくていい」

と。

茹で玉子はなかなかむけなかった。殻がやたらとこまかく割れ、薄皮が接着剤の役割を果していて、無理にはがそうとすると白身自体が割れてしまう。紅茶をのみのみ格闘していると、

「それ、ぼくのマグカップだよ」

と、譲が言った。

シロップでびしょびしょになったパンケーキをたべながら、なんて気持ちのいい朝だろうと礼那は思う。窓の外は快晴で、元気になったいつかちゃんは旺盛な食欲を見せ、スクランブルエッグとベーコンにとりくんでいる。シートの赤いボックス席は広く、コーヒーはおかわり自由で、パンケーキはおいしい。

「病気じゃないってすばらしいね」

礼那は言い、いつかちゃんのお皿にフォークをのばしてベーコンを一切れもらった。

「あのさ、旅にでる前に、二人でいろんなことを決めたじゃない？　携帯の電源はオフにしておくとか、誰かに訊かれたらいつかちゃんは二十一歳だってこたえるとか」

いい具合に焦げたベーコンをじゃこじゃこと嚙み砕き、のみ込んでから、また甘いパンケーキに戻る。

「うん。れーなはそれを全部ノートに書いてたよね」

「うん、書いたし憶えてもいるんだけど、旅のあいだにあった出来事は、永遠に二人だけの秘密にするっていう約束があったでしょ」

あった、とこたえていつかちゃんはうなずく。痩せた身体と短い髪。さっきシャワーを浴びたばかりなので、肌にも髪にもなんとなく水気が残っている。紺色のトレーナーは洗濯のしすぎで、首まわりがのびてしまっている。

「あれは、なんていうか、無駄な約束だったね」

礼那は言い、生クリーム（シロップがかからないように、お皿の端によけておいた）をフォークですくって口に入れる。

「無駄？　なんでよ」

「だってさ」

怪訝な表情のいつかちゃんに礼那は説明する。

「たとえばこの朝がどんなにすばらしいかっていうことはさ、いまここにいない誰かにあとから話しても、絶対わかってもらえないと思わない？」

いつかちゃんは回復し、朝食はきれいで、荷物はコインロッカーに入れてあるので身軽で、きょう一日はまだ始まったばかりだ。

「他のことだってそうじゃない？　ケニーやミセスキートンがどんな人だったかも、一晩じゅうバスに乗っていて、たまたま目がさめたときどんな感じがするかも、あとから話しても絶対わかってもらえないよ」

「それはまあ、そうかも」

いつかちゃんの反応が物足りなくて、

「すごいと思わない？」

と、礼那はさらに言葉を重ねる。

「だって、誰かに話しても話さなくても関係なくて、なにもかも自動的に二人だけの秘密になっちゃうんだよ？　すごくない？」

と。礼那には、それはほんとうに〝すごいこと〟に思えた。が、いつかちゃんはちょっと笑って、

「れーな大袈裟」

と言うのだった。

川ぞいの道を歩くと、日ざしの暖かさと風のつめたさを同時に感じた。逸佳は身体が軽く、熱がさがったくらいでこんなに頭がはっきりするのかと驚くほど、思考も視界も澄んでいる気がした。朝食にたべたパンや卵やベーコンすら、胃のなかで感じ分けられそうだった。

隣で、礼那は跳ねるように歩いている。深緑色のニット帽、腕に抱いたうさぎ。この瞬間も、〝自動的に二人だけの秘密〟なのだ、礼那の言葉を借りれば。

ゲートウェイ・アーチは記憶にあるのとおなじくらい美しく、おなじくらい揺るぎなかった。かみそりの刃ほどにも薄く鋭く見えるその金属製のアーチを下から見上げながら、逸佳は今朝のクリスとの会話を思いだしている。電話は逸佳からかけたのだが、それは、電源を入れたら着信が二つ入っていたからだ。どうしてるかなと思って、というのが、その着信についてクリスの言ったことだった。逸佳は元気にしているとこたえた。ニューメキシコ州まで行ったけれど、お金がなくなったので帰るところなのだと。途中で礼那に電話を代り、礼那が幾つかのこと（サボテンをたくさん見た、野良犬がたくさんいた）をつけ加え、逸佳に戻ってきた電話の切り際にクリスは、日本語の勉強を始めたと言って逸佳を驚かせた。勉強といっても初心者用のテキストを買って暇なときに読んでいるだけだし、まだ全然話せないけれども、と、抑揚のすくない静かな声音で言い、逸佳と礼那の会話を聞いて日本語に興味を持ったのだと、笑みを含んだ声で説明した。

クリスと日本語で会話をする、というのはひどく奇妙で、逸佳にはうまく想像ができない。が、もしそんな日がきたら、どんなにおもしろいだろう。

「この前ここに来たときさ」

礼那が言い、逸佳を現実にひき戻した。

「ファネルケーキの屋台がでてたよね。あの家族、きょうはいないね」

いつのまにつんだのか、礼那の手には黄色い花が三本握られている。シカゴ行きのバスがでる時間までには、まだたっぷり半日あった。


礼那がその女の人に興味を持ったのは、服装が風変りだったからだ。男の人が着るような茶色い背広の下はピンクのレースのスカートで、タイツに重ねられたソックスは右が白で左が緑だった。見事な赤毛は何年も櫛(くし)を通していないように見え、首元にぐるぐる巻かれた毛糸のマフラー（色は青緑）に巻き込まれてしまっている。

「ハイ」

すれ違いざまに挨拶をすると、でも、こわい顔でにらまれてしまった。女の人はまつ毛まで赤毛で、目はきれいなグリーンだ。

「ハイってどういう意味？」

立ちどまって尋ねられ、礼那は返事に困った。いつかちゃんが、かばうように礼那の背中に腕をまわしてくれたのがわかった。

「どうしていま私にハイって言ったの?」

「彼女はただ挨拶しただけです」

いつかちゃんがこたえる。

「それを信じると思ってるの?」

女の人は、顔ばかりか声もこわかった。単語と単語のあいだにシュッという音をさせて、かみつくように喋る。

「あんたたちが誰か私は知ってるのよ。シーリアはどこ? シーリアを返しなさいよ」

こわいというより意識がどこかに行ってしまっている、と気づいたときにはもう遅く、女の人は持っていたハンドバッグでいつかちゃんをばんばん叩き始め、ノーとかドントドゥザットとか礼那が言っても聞いてくれず、仕方がないので礼那は自分史上最大の悲鳴をあげて、助けを呼んだ。

三浦新太郎はまだ知らない。娘が従妹の家ではなくアメリカ人の男(しかも病死したパートナーの喪に服し続けているゲイ)のアパートで暮し始め、その後七年間帰ってこないことも、理生那が潤と別れて、子供たちを連れて帰国することも。だからいま、会社の近くの馴染みの鮨屋で理生那の猪口(ちょこ)に日本酒をついでやりながら、新太郎が感じているのはなつかしさと、妹がすこしも年をとらず、変らないように見えることへの軽い驚きだけだった。向うでの生活が合っているのかもしれないと、新太郎は想像する。

「あした、飛行機は何時?」

やわらかく炊かれたアワビを口に入れて訊くと、十一時というこたえが返った。

「今回は一人だったから、娘みたいに甘やかしてもらっちゃった」

「ほら娘じゃけえ」

方言で応じ、理生那が小さく笑うのを確かめてから、

「うちの問題児がそっちでもやらかして、申し訳ないと思ってる」

と新太郎は言い、白木のカウンターに両手をついて頭をさげる。

「一体どこにいるんだか……」

「逸佳はいい子よ」

理生那は言い、のみ干した猪口に自分で酒をついだ。

「すごくしっかりしてる。きっと香澄(かすみ)さんに似たのね」

嫣然(えんぜん)と微笑む。酒に強いことも昔から変らない。

「地図を見るの、あの子たちがどこにいたのか知りたくて、葉書が届くたびにね。最初のうちはともかく帰ってきてほしい一心だったんだけど、途中からね、もっと遠くまで

行きなさいって思うようになってきちゃって、自分でもびっくりした」

　新太郎は心底驚く。

「それ、教会とかイエスキリストとかと何か関係があるのか？　よくわからんけど、寛容とか受容とか、慈悲とか慈愛とかと？」

　理生那はあっけにとられた顔をし、それから笑って、

「ないわよ」

　とこたえた。

「全然ない。へんなこと言わないで。新ちゃんならわかってくれるかと思ったのに」

　と。

　ホタルイカを串にさして焼いたものが運ばれ、肝をのせたカワハギが運ばれ、あぶって酒と塩をふった平貝(たいらがい)が運ばれたところで新太郎は店主に、そろそろ握ってほしいと頼んだ。

「でも、まあ」

　そして結局、娘たちについて妻と話すときに最近口にする言葉が、このときも口をついてでる。

「無事に帰って、早く安心させてくれよって言いたいね、俺は」

礼那の悲鳴の効果は絶大だった。黒人の若者グループ（男女二人ずつ）が駆けてきて女性を逸佳からひき離してくれただけじゃなく、遠まきに見ていた野次馬的な人々も、中途半端に近づいてきて、自分が見たと思うもの（「彼女がいきなり殴りかかったのよ。この子たちは何もしていないわ」「いや、二人でこの女を挑発してた。わざわざ近寄って行ったのを見たぞ」）について発言し、警察を呼ぶべきだと主張する人もいた。

「ノー」

それは困ると思ったので逸佳は言い、助けてくれた四人組にお礼を言って、その場を離れようとした。闘志のみなぎっているようだった赤毛の女性は逸佳にも礼那にも興味を失ったようで、誰とも目を合せずに、意味不明なひとりごとを言っていた。

「この人、シーリアを探してるのよ」

ともかくこの場を離れたかった逸佳が呆れたことに、そのとき礼那がそう言った。

「そうでしょ？　あなた、私たちがシーリアをどこかに隠したと思ったのよね？」

と、女性に直接話しかける。

「れーな」

従妹の身体をひきよせたのは、女性がまた興奮しだすのではないかと恐れたからで、けれど女性は〝シーリア〟にも興味を示さず、礼那から目をそらした。

「行こう」

逸佳は言い、礼那の背中をそっと押した。赤毛の女性に関わってほしくなかった。

「オーライ、この子たちは大丈夫だ。こっちのレディも」

助けてくれた若者の一人がそう言って、人の輪が崩れる。

メトロリンクの駅に向って歩き始めながら、逸佳はまだこわかった。脚にうまく力が入らないし、手もふるえている。いきなり敵意を向けられたことがショックだったし、間近で見た女性の顔——憤怒(ふんぬ)に歪んでいた——は、目に焼きついてしまった。けれど、何よりいちばん許せなかったのは、彼女が礼那にあんな悲鳴をあげさせたことだ。いまになって怒りがふつふつと湧き、でもそのお陰で恐怖が薄れた。おもしろい発見だと逸佳は思う、怒りと恐怖が共存できないというのは。

「びっくりしたね」

礼那が言う。周囲はビジネス街で、空気が乾いていてあかるく、空が青い。

「でもシーリアって誰かな。あの女の人の行方不明になった娘とか妹とかかな」

「知らない」

逸佳はこたえる。まだ、怒りと恐怖をめぐる発見について考えていた。もし、どちらか一つを選ばなければならないとしたら、自分は怒りを選ぶだろうと、逸佳は思う。

「犬とか猫とかかもしれないね。それか、昔の同級生とか」

「そんなのどうでもいい」

逸佳は言った。

「ただの妄想かもしれないし」

あの女は礼那に悲鳴をあげさせた。逸佳にとって問題はそれだけで、その事実を思うと新たにまたふつふつと怒りが湧くのだった。

そのあとは何事もなく午後が過ぎた。メトロリンクでユニオンステーションに行き、ショッピングモールをぶらぶらしてスムージーをのみ、街の中心部にある古い建物（旧裁判所とか旧教会とか）を見て歩いた。芝生の広場でそれぞれ家族に葉書を書いて投函し（たぶん最後の葉書だ）、ブルーベリーヒルというかわいい名前のレストランで夕食をとった。名前のかわいさで礼那がそこに決めたのだったが、すごく派手な外観の店（建物は古いのに、過剰なまでにネオンがまたたいていた）で、入るのにすこし勇気が要った。入ってみると、内装は外観以上に派手（壁には鹿の頭や象のオブジェ、ダーツの的。ピンボールマシンやクレーンゲームが置いてあり、機械音や音楽やざわめきでいっぱい）だったので、礼那も逸佳も驚いて無口になってしまった。ミートソーススパゲティ（巨大）とミックスサラダ（やっぱり巨大）を半分ずつたべた。

バスディーポに着くと礼那はほっとした。いつもの場所に戻ったような気がしたのだ。いつもの場所なんかじゃ全然ないのに。

「旅の匂い！」

思ったままを口にすると、

「旅の匂い？」

と、いつかちゃんに訊き返された。グレイハウンドもアムトラックもある大きなディーポは夜でも人が多く雑然としている。幾つもある公衆電話とチケットブース、バスや列車の発着を告げるアナウンス。

「よその人のコートとか旅行荷物とか、体とか香水とかの匂い？」

語尾をあげてこたえたのは、自分でも確信が持てなかったからだ。自分のいま感じている好ましさや安心が、ほんとうにそれらのせいなのかどうか。

「たぶんさ」

心のなかをさぐりながら、考え考え礼那は説明する。

「街にいる人たちは街に属してるけど、ここにいる人たちはどこにも属してないからじゃないかな。もちろん駅員さんとか、働いてる人はべつだけれど」

つるつるの床、あかるい蛍光灯、二人の荷物が待っているコインロッカー。

「れーなが言いたいのはね」

しゃがんで荷物をとりだしているいつかちゃんのうしろで、礼那は続けた。

「れーなはバスディーポが結構好きだってことだよ」

言ったあとで、言いたかったことと微妙に違ってしまった気がしたが、他にどう言っていいのかわからなかった。立ちあがったいつかちゃんからリュックサックを受けとって背負う。

「安全地帯っていう感じ？」

いつかちゃんが言った。

「高オニの高いところとか、色オニのその色のところとか、そこにいればつかまらない場所にいる感じじゃない？」

と。

「そう！　何度でもそこに戻れるの」

礼那が認めると、

「それで、何度でもそこからまた外にでられる」

といつかちゃんが続ける。嬉しさが湧きあがり、礼那は「チーク！」と叫んで、従姉の頰に頰をつけた。

ニューヨークは曇っていた。空港ビルから一歩おもてにでてすぐに、理生那は帰ってきたと思った。髪の色も肌の色もさまざまな人たち、警備員や清掃員の制服、この街の、冬の朝特有の匂い——。一つだった荷物が二つに増えているのは、例によっていろいろ持たされたからだ。お菓子とか海苔(のり)とか日本酒とか。無事に戻ったことを潤の携帯電話にかけて（つながらなかったので録音メッセージで）伝え、理生那はエアポーターに乗った。

ペンステーションで降りてタクシーを拾い、自宅に着いたのは昼前だった。見馴れた道の、見馴れた家なみ。礼那と逸佳が帰っているかもしれないという期待は抱かなかった。無人の家に入る心づもりが、どういうわけかできていた。

予期した通り家は無人で、予想していたほどには散らかっていなかったが、空気がこもってむっとしていた。カーテンの閉めきられた室内は薄暗い。

理生那は窓をあけてまわった。洗濯物がたまっていたので洗濯機をまわし、荷物をほどいてシャワーを浴びた。清潔な服（何はともあれ、自宅にはそれがある）を身につけるとコーヒーを淹(い)れ、鉢植えに水をやった。八日間、と考える。自分が留守にしていた八日のあいだ、この家にはこの家の時間が流れ、夫と息子が二人で生活していたのだ。

隣家に帰宅の挨拶に行くと、一年も離ればなれだったかのような抱擁で迎えられ、コーヒーとケーキをふるまわれた。アリスは、理生那の留守中、問題は何もなかったと言った。潤が息子と夕食を摂(と)れなかったのは一晩だけで、その一晩さえ「夕食は準備してある」とのことだったので、自分が腕をふるう機会はなかったと言った。あまり干渉されたくないみたいだったから、そっとしておいた、とも。

ごめんなさい、という言葉を理生那はのみ込んだ。潤がアリスに感じよく接したとは思えないが、それを自分が謝るのは、潤を悪者にするようで気が咎めた。それで感謝だけを伝え、土産を渡して帰宅すると、置きっぱなしででた携帯電話に潤からの着信が五つ表示されていた。録音メッセージはなく、五本の電話にほぼ時間差がないので、理生那がでないことに腹を立ててかけ続けたのだとわかった。理生那はため息をつく。かけ直したが、潤がでないことは予想がついていた。リビングをざっと片づけ、台所とバスルームの掃除をする。きょう、潤はもう理生那からの電話にはでないし、自分からかけてくることもないだろう。そうすれば、帰ってドアを閉めるや否や、「なんで電話にでないんだ」と言うことができる。「何度もかけたんだぞ」と、まるでそれが問題で、他に問題はないみたいに。

フロントデスクの貼り紙を見て、逸佳は一瞬目を疑った。〝クレジットカード不可〟読みやすく大きな手書きの文字で、けれど確かにそう書かれている。このホステルは自分たちの味方だ。そう思った。現金があってもクレジットカードがなければ泊められないと、何度言われたことだろう。

「ここ、すばらしいね」

それで逸佳はそう言った。セントルイスで連泊し、予期せぬ出費を強いられたあとだったので、ガイドブックに載っているなかで、いちばん安い宿泊施設に来てみたのだった。部屋に入れるのは午後からだというので、荷物だけあずけてシカゴの街にでる。

「街だね、いつかちゃん。街！」

礼那は、バスがシカゴ市内に入ってからもう何度も言ったことをまた言った。

「なんかさ、何もかも大きくて、たくさんあって、めまぐるしくて、びっくりするね」

「あんた、どこの田舎から来たのよ」

逸佳は言ったが、おなじように感じていた。街の規模、騒音、車やバスや地下鉄の多さ、高層ビルの高さ、人の多さ、人の雰囲気の均一さ（住民なのか観光客なのか区別がつかない）、埃っぽさ、めまぐるしさ――。他人にぶつからずに歩けることが不思議なほどだ。都会、ということなのだろう。自分も礼那も、都会から随分遠ざかっていた。

「いつかちゃん、ちょっとだけここに入ってもいい？」

礼那が立ちどまったのは、かわいいもの屋の前だった。他に何と呼べばいいのかわからない。食器とかぬいぐるみとか、小さな家具とかエプロンとかを売っている店で、なかに入るとハーブオイルみたいな匂いのすることが、入る前からわかるような店だ。

「いいけど、なんにも買えないよ？」

礼那は「わかってる」とこたえ、その言葉通り、たっぷり三十分後に、何も買わずにその店をでた。

昼食後も、礼那の「ちょっとだけここに入ってもいい？」は続いた。かわいいもの屋、文具店、焼き菓子専門店、またべつのかわいいもの屋、チョコレート専門店——。買わなくても、見ているだけで満足なようだった。

街の中心にある大きな公園を散歩し、スーパーマーケットで水を買ってホステルに戻ったのは夕方だった。フロントで鍵をもらおうとすると、鍵はないのだと言われ、逸佳は驚愕した。どういうことかわからなかったが、部屋は三階なので直接三階に行けと言われるままにエレベーターに乗った。降りると、そこにもまたフロントデスク的なものがあり、係の女性が部屋に案内してくれた。

「さあ、どうぞ」

水色のセーターにブルージーンズ、金髪をポニーテイルにしたその女性は感じがよく元気もよく、笑顔でそう言ったのだが、逸佳は返事ができなかった。

それは大きな部屋だった。二段ベッドが手前から奥に向って三台ずつ、四列ならんでいる（ということは二段ベッドが十二台あるわけで、全部埋まれば二十四人部屋だ）。壁際の一台（の下の段）に、逸佳と礼那の荷物がまとめて置いてあった。

「テレビ室と朝食室は二階、シャワーとトイレは各階にあるわ。来て」

女の人が説明していたが、逸佳は目の前の光景に気をとられ、ほとんど聞いていなかった。何台かのベッドには人がいた。ラップトップをひらいていたり、何かたべていたり——。無人のベッドの何台かには荷物が散乱しているが、それらを見る限り、この階は女性専用のようだ。ベッドの他に、家具と呼べそうなものはない。窓と床と天井と壁。見事にそれだけなのだった。

　ホステルというのはホテルとは違うのだろうか。値段の安さだけで決めてしまったのは、軽率だったかもしれない。あてがわれたベッドに腰をおろして、逸佳がそんなことを考えていると、

「シャワーとトイレは廊下のつきあたりだよ」

　と、礼那が言った。

「どっちも広くて、シャワーはブースがいっぱいあった。あと洗面台も」

と報告する。見に行ってきたらしい。

「れーな、ここをどう思う？」

　尋ねると、ややあって、

「ちょっと学校みたい」

　というこたえが返った。

「もしれーながいやなら、ここに泊るのはやめて、他を探してもいいよ」

　逸佳は言ってみる。お金がないとはいえ、一泊だけならもうすこし高いホテルに泊ることも可能ではあるのだ。が、

「なんで？」

と訊き返された。

「バスで寝るよりずっといいし、れーなはべつにいやじゃないよ。ていうか、一人で泊るのはいやだけど、いつかちゃんといっしょならどこでもいい」

その言葉は、逸佳を喜ばせると同時に恥入らせた。

「じゃあ、ここでもいいか」

そう言いながら、いまの礼那の言葉が自分の口からでたものならよかったのにと逸佳は思う。礼那といっしょなのだからどこでもいい、と、でも自分は言えなかった。もうすこし普通の、プライヴァシーの確保されたホテルに泊りたいとしか考えなかった。

「それよりね、いつかちゃん、近くにおいしいピザ屋さんがあるんだって。安くてヴォリウム満点だからおすすめだって、レベッカが教えてくれたの。行く？　今夜これから行ってみる？」

「レベッカ？」

訊き返すと同時に思いだした。そういえば、金髪ポニーテイルがさっき確かに、ハイ、私はレベッカよ、と、片手をさしだしながら言っていた。違和感を覚えるほどのにこやかさで。

朝日のさし込むシャワールームの洗面台の前に立ち、歯を磨きながら礼那は、寄宿舎生活というのはこんな感じなのだろうかと想像する。隣で歯を磨いている知らない人を見るつもりはないのに、鏡に映っているのでどうしてもその黒人女性が見えてしまう。パジャマに包まれた肉感的な身体、花柄のポーチからのぞく化粧道具。

ゆうべ、部屋の電気が十時に消されたあとも、みんなが枕元の灯りをつけて、何かしている物音がした。ピザをたべすぎて苦しく、礼那はなかなか寝つけなかった。それで、いつかちゃんが寝ているはずの、上のベッドの底を見ていた。木の骨組みと、さわるとざらりとする布を。自分がここにいることが不思議だった。でもちょっとおもしろいとも思った。想像もしていなかった場所に横になっていることが。誰かの寝息が聞こえ、バスのなかみたいだと思ったところまでは憶えているが、そのあと、いつのまにか眠っていた。気がつくと朝で、顔の横にうさぎがいて、いつかちゃんはすでにシャワーを浴び終え、上の段のベッドで音楽を聴いていた。

もうすぐ家に帰るのだ。

鏡に映った自分の顔を見ながらそう思ってみたが、全然実感が湧かない。いまここにあるもの――グレイのタイル、ならんだ洗面台、高い位置にある窓からさし込んでいる朝の光、パジャマ姿の黒人女性と彼女の化粧ポーチ、自分の歯磨き剤の匂いと味――だけが確かな現実で、それ以外のもの――ニューヨークとか、家とか、そこにいる両親や弟とか——は現実ではないような気がした。

シャワーを浴びて部屋に戻ると、いつかちゃんはもう音楽を聴いてはいず、ベッドの上にバスの時刻表をひろげていた。荷物に囲まれてあぐらをかいて坐っている様子は周りの人たちと変らず、それが意外で、礼那は笑ってしまう。

「いつかちゃん、もうここに馴染んでるよ」

ゆうべのピザがヘヴィすぎてまだおなかがすかない、と二人の意見が一致したので朝食は抜き（でも興味があったので二階の食堂をのぞくだけのぞき、茹で玉子を一つずつもらってポケットに入れ）、おもてにでると、まぶしいほどの晴天だった。バスディーポに行き、コインロッカーに荷物をあずけてスーパーマーケットに向う。

「いい街だね、ここ」

シカゴに来てわかったのだが、礼那は都会というものがやっぱり好きなのだった。人がいて、お店がたくさんあると安心する。街なかに唐突に、リンカーンと現代人（セーターを着て、コーデュロイのずぼんとスニーカーをはいている）が何か話し合っている像があったりするのもたのしい。それに、都会では誰も自分たちに目をとめない。どこから来たのかとかどこへ行くのかとか、訊かれないのはここにいていいしるしみたいでうれしい。

長時間のバスに備えて買物をした。水、クラッカー、ウェットティッシュ、チョコレート、袋入りのプルーンと、雑誌も一冊。選んだ物をカゴに入れながら、突然、レジにならぶのがこわくなった。レジを通ってしまったら、あとは帰るだけだ。いまこの広々したスーパーマーケットにいる人たちのなかで、たぶん礼那といつかちゃんだけが、これからニューヨークまで移動する。

「ねえ、いつかちゃん」

礼那は従姉の腕をつかんだ。

「れーなたち、ほんとうに帰るの？」

自分が何を訊こうとしているのか、自分でもわからなかった。だって、返事はわかっているのだ。わかっているけれど、なんだか急に信じられなくなった。袋入りのクルミを手にとって検分していたいつかちゃんは、

「帰るよ」

とこたえたあとで、

「帰るの、こわい？」

と訊いた。カゴにクルミの袋を加える。礼那は考えてみたが、それは全然こわくなかった。むしろ、もうすこしで帰りたくなりそうだった。ちょっと気を許したり、うちのことを思いだしたりしたら——。

「いつかちゃん！」

つい大きな声がでた。

「わかったよ。れーながこわいのはうちに帰ることじゃなくて、うちのことを思いだしちゃうことだよ。だって、もし思いだしたら帰りたくなるもん。れーな、帰るのはいいけど、帰りたくなるのはいやなの」

礼那がそう説明すると、いつかちゃんは笑った。

「ていうか、あんたもう思いだしてるじゃん」

と言って。それからいったん入れたクルミをカゴからだして棚に戻すと、

「いいよ、思いだしても」

と続け、レジに向った。午前十一時三十分発のバスに乗ると、あしたの朝六時十分にニューヨークに着く。

早朝六時に目をさました木坂潤はまだ知らない。およそ一時間半後に娘たちが帰ってくることも、そのとき自分が朝食を終え、リビングに立ったままテレビのニュースを観ていることも、隣には譲が立っていて、父子揃って前夜のニュージャージー・デビルズの、おそろしく荒れた試合の様子に目を奪われていることも。鍵のあく音がして、鍵を持っているのは礼那ではなく逸佳のはずなのに、礼那が先にとびこんでくる(「ただいま」ではなく、「ひゃーっ」という奇妙な歓声をあげる)ことも、「れーな!」と言うの

が自分ではなく譲で、だから礼那の次の言葉も、「パパ！」ではなく「ゆずるー」になることも。そのあとで「ただいま」という声が聞こえ、それはもちろん逸佳なのだが、そういうあれこれを知る由もない潤が頭痛と共にいま考えているのは、なぜ深酒をした翌朝に限って早く目がさめてしまうのか、ということだった。自分の酒――ゆうべは焼酎をのんだ――の臭気のこもった寝室はまだ薄暗い。それでも隣のベッドはすでにもぬけの殻で、ということは理生那は台所で、譲の弁当だか教会の集まりに持って行くマフィンだかをつくっているのだろう（その両方かもしれない）。

潤には理解できない。身勝手な里帰りから戻ってきた理生那は、何事もなかったかのようにふるまっている。掃除をし洗濯をし、買物に行き、料理をし、次の週末には、近所のガレージセールを手伝いに行くと言う。潤の目に、それはまるで礼那の不在を受け容れてしまったかのように映る。礼那なしでも、妻の日常にさしさわりはないかのように。

のろのろとベッドからでて、カーテンをあける。礼那のことを思った。いまどこにいるのだろう。潤は娘が恋しかった。逸佳の影響を受けてしまう前の、素直であどけなかった娘が。

バスは予定より十五分早くポート・オーソリティに到着した。地下停車場は蛍光灯に照らされ、何台ものバスの排気ガスや、乗客たちの眠気や疲労、乗車を待つ人々の列が発する落着かない空気が充満していたが、逸佳が感じているのは思いがけない高揚感だった。この場所からバスに乗って旅を始めた。あのときの自分たちは、そのあとに起きたたくさんの出来事の、どれ一つ知らなかったのだ。自分たちがどこに行くことになるのかも、何を見ることになるのかも。

「帰ってきたね」

うさぎを抱いた礼那が言い、このうさぎもあのときにはいなかった、と逸佳は思った。

「うん、帰ってきた」

肯定したが、帰ってきたというよりも、やり果せたという気持ちの方が強かった。生還した、というような。

「地上にでよう、地上に」

礼那に言われるまでもなく、逸佳もそうするつもりだった。家に帰る電車に乗る前に、マンハッタンを見て確かめたい。

エスカレーター、大きな丸い時計、ビラがたくさん落ちている床、人種も年齢も服装もまちまちな人々——。

「ニューヨーク—」

ならんだガラス戸を抜け、午前六時だというのに人も車も多く、すでに一日が始まっている街なかに立つと、礼那が感に堪えた声をだした。

「汚れてるねえ」

と、うれしそうに。それが批判ではないことが、逸佳にはわかる。確かに何もかも――舗道や奇妙な金属フェンス（人が歩くための通路を構成している）のみならず、なぜか鳩まで――薄汚れて見えるし、エンジンをかけたまま連なって路上駐車している観光バスとか、どこかでしている工事とかの音もうるさく、あたりには紛れもない生ゴミ臭が充満しているのだが、礼那はやわらかく表情をほどき、それらが渾然一体となって醸しだす空気をわざわざ深呼吸している。

ガラスに映った自分たち二人を、逸佳は他人を見るように眺めた。

「ねえ」

と言って、礼那にもおなじものを見せる。

「私たちの恰好、ちょっとみすぼらしくない？」

旅のあいだずっと着たきりだったコートとダウンジャケット、増えた荷物でふくらんだ（物というより従順な動物みたいな気のする）リュックサック。

ほんとだ、と言って、礼那は可笑しそうに笑う。

曇り空だ。舗道にたくさん落ちている吸殻、足早に通り過ぎていく通勤者たち。ポケットに手を入れると、表面のつるつるした石（アイオライトという名前だと、サンタフェの女性は言っていた）と、醤油の小袋（必要になるかもしれないと思って、出発前にあの店――いま目の前にある、ディーンアンドデルーカ――でポケットにつっこんだのに、温存しすぎて結局一度も使わなかった）が指先に触れた。こういうところが自分はせせこましいのだと逸佳は思う。礼那なら、たぶんすぐに使っただろう。

「ねえ、いつかちゃん」

礼那がにっこりして言った。

「おもしろかったね」

と、小さな声で。

「うん。おもしろかった」

逸佳はうなずいてこたえ、灰色の空を見あげる。郊外住宅地に向う下り列車はこの時間、たぶんがらがらにすいているだろう。

解説

金原瑞人

旅は『オデュッセイア』の昔から、大人の本、子どもの本を問わず文学の大きなジャンルを形作ってきた。二一世紀に入ってからも、たとえば、ドイツの作家ヴォルフガング・ヘルンドルフ『14歳、ぼくらの疾走 ―マイクとチック―』というヤングアダルト小説がベストセラーになって映画化もされ、日本でも話題になった。旅という普遍的なテーマは人類が滅びるまで受け継がれていくのだと思う。

しかし主人公が旅をする作品が圧倒的に多いのはアメリカだ。メルヴィルの『白鯨』やトウェインの『ハックルベリー・フィンの冒険』などの古典から、スタインベックの『怒りの葡萄』、ケルアックの『オン・ザ・ロード』、ナボコフの『ロリータ』、そして現代作家マッカーシーの『ザ・ロード』まで、どれも読み応えがあり、作者の代表作であると同時にその時代の代表作でもある。

そんなアメリカを舞台にした、いままでにないタイプの旅の小説が生まれた。主人公は二人の日本人の女の子、逸佳（いつか）と礼那（れいな）。

逸佳は日本の高校をドロップアウトして高卒認定試験に合格し、カレッジに入るまでニューヨークに住む叔母夫婦のところに世話になっていたのだが、三歳下の従妹、礼那と二人で旅に出ることにする。交通手段は基本、長距離バスとヒッチハイク。家出といえば家出にも見えるし、旅行といえば旅行にも見える、そんな感じの旅だ。ところが、家出なら家出なりの緊張感、旅行なら旅行なりの心づもりが必要なはずなのだが、二人にはそれがない。親に反発しているわけでもなければ、自分たちの可能性を確かめようなどと考えているわけでもないし、心を躍らせて遊びにいくというふうでもない。まるで、作者にいくらかの現金とクレジットカードを持たされて、好きなようにしなさいとばかりに、ぽんとアメリカに置かれたような感じさえある。

そもそも二人がたどる道順には必然性がない。旅はボストンから始まるのだが、「べつにボストンでなくてもよかった」らしい。それについて、逸佳がこういっている。

でも、どこかに行くためにはそのどこかがどこなのか決めなくてはならず、決めずに探すにしても、まずどこから探すかを決めなくてはならないわけで、礼那がメイン州に行きたがったので、そこに近づくべく、とりあえず北上してみることにしたのだった。

というわけで、とりあえずボストンへ、それからポートランド（メイン州）、ホワイトマウンテンズまでいったかと思うと、次はいきなりナッシュヴィルで、最後はニューメキシコ州のアルバカーキ、サンタフェ。なぜここで終わる？

その理由は逸佳が「これ以上遠くに行ったら帰れなくなりそうで不安だった」からと説明するのだが、説得力はない。逸佳自身、礼那から「えーっ」という不満の声が返ると思っている。ところが、礼那は「そうなの？」と訊くだけで反対はしない。その声をきいて逸佳は「自分のなかに何か小さくてもろいものがあり、それがぱりんと砕けたみたいな気持ち」がする。このあたりの二人のゆるい親密さとかすかな緊張感がじつに快く、なんとなく納得してしまう。

作品の終わり近くまで読んできて、二人にはおたがいのことがよくわかっている、というか、いい形でつながっているのがわかる。従姉妹同士、つまり、友人以上、姉妹以下、という設定がうまく機能しているのかもしれない。とにかく最後までどことなく、いい意味で、曖昧なまま、うらやましいほどの関係が持続する。

二人の思考や行動にはそれなりの説明はあるのだが、それを説明する文章がまた、曖昧だ。たとえば、「逸佳には〝望み〟というものがないのだった。望まないことだけがたくさんある」とか。また、陸路でいくと決めた逸佳の理由もこんなふうに説明される。

陸路なら風景が見える。この国が。すくなくともその一部が。行きたい場所も行きたくない場所もなく、とくにやりたいことがあるわけでもなくて〝ノー〟だけがある逸佳にとって、〝見る〟ことは唯一〝イエス〟なことだった。

また礼那はいつも日記をつけているのだが、逸佳に「また日記つけてるの?」とたずねられて、「つけないと、なくなっちゃう気がするから」と答え、そのあと、こう続く。

「なくならないよ。事実はなくならない」

と言う。事実はなくならない。礼那には、ほんとうかどうかわからなかった。もしなくならないのだとしたら、それらは日記以外の一体どこに、あり続けられるというのだろう。けれどその気持ちは、言葉にするにはややこしすぎたので、

「でも、なくなっちゃう気がするの」

とだけ礼那は言った。

ここはとても印象的な場面で、二人の性格と二人の関係が小説ならではの形で見事に浮かび上がっている。

また、こんな二人の旅には特に大切なルールがふたつある。

「今後、この旅のあいだにあった出来事は、永遠に二人だけの秘密にする」

「もし途中で帰りたくなっても、旅が終るまでは絶対に帰ってはいけない」

二人は、このふたつのルールを守るのを目的に旅に出たような感じさえする。

たとえば、

「帰りたくなったら帰ってもいいよ、れーなは」

窓に頭をもたせかけて言うと、

「なんでっ？」

という憤然とした声が返り、逸佳の手にかぶさっていた礼那の手が離れる。

「なんでそんなこと言うの？　ルールを決めたのに。もう忘れちゃったの？」

礼那は真剣な顔をしていた。


二人にとってはルールを守るのが旅をすることなのかもしれない。

ただ旅がいつ終わるのか、どうなったら終わるのかは、二人ともわかっていない。この旅には行き先もなければ目的もない。そのうえ、たいした変化もない。事件といえばクリーヴランドで、自転車に撥ねられて救急車で運ばれるおばあさんに付き添うことになったあげく、そのおばあさんのアパートで暮らしながら病院に見舞いにいくようになること。それからクレジットカードを親に止められて、逸佳がナッシュヴィルのライヴハウスでバイトを始めること。あとは、メイン州あたりで礼那がバイクの男の子に「男の子と女の子が出会って、いい感じになったらそうするものなんだよ。キスしたりとか、いろいろ」といわれて迫られるところくらいだ。

「旅」とか「ロードノベル」といった言葉から予想されるダイナミックなストーリー展開、疾走感、スリリングな事件や事故などはまったくない。その代わりに「旅」という空間のなかで、とてもいい感じでいっしょに時間を過ごす二人がいる。しかしその時間は、その空間にしか存在しないのかもしれない。

「きのう行った遊園地、すごくたのしかったよね」という礼那に、「また来ればいいじゃん」と答えながらも、逸佳は考える。それは違う、「いつか、また来ることは可能だろう。可能だろうが（中略）きのうの遊園地はきのうにしかないのだし、それはもう通り過ぎてしまった」

こんなふうに読者は、礼那と逸佳の心のなかを、あるいは二人の心の変化のなかを旅していく。

そして一方、それをまったく異なった次元から捉えているのが逸佳の父親、新太郎(しんたろう)だ。自分のことではないような気がした。具体的な事実は思いだせるのに、何を考えていたのか、どんな性格だったのかはまるで思いだせない。自分がかつて十七歳だったという事実を、新太郎は気味悪く感じる。

これはおそらく作者の実感なのだろう。ここには、逸佳と礼那の二人の現在が見事に相対化されて描かれている。江國作品が大人だけでなく若い人たちにも根強い人気がある理由のひとつがここにある。おそらく、ここを読んだときの衝撃と感動が大きいのは若い人々だ。大人になった自分が忘れてしまって、気味悪く感じてしまうかもしれない十七歳を、いま逸佳がこの魅力的な物語で体現しているのだから。

江國作品は読み終わったとき、なぜか、物語のなかに何か置き忘れてきたような気がして、すぐに読み返したくなるのだが、これは特にその印象の強い作品だった。机の上の『彼女たちの場合は』が手招きをしている。

（かねはら・みずひと　翻訳家）

本書は、二〇一九年五月、集英社より刊行された
『彼女たちの場合は』を文庫化にあたり、上下二巻として再編集しました。

初出誌
『小説すばる』二〇一五年三月号〜二〇一八年七月号

江國香織の本

抱擁、あるいはライスには塩を（上・下）

東京・神谷町の洋館に三世代で暮す柳島家。子供たちは学校に通わず家庭で教育されていたが、父親の提案で小学校へ行くことになり……。風変りな一族の愛と秘密を描く傑作長編。

集英社文庫

集英社文庫

彼女(かのじょ)たちの場合(ばあい)は　下(げ)

2022年4月30日　第1刷　　定価はカバーに表示してあります。

著　者　江國香織(えくにかおり)
発行者　徳永　真
発行所　株式会社　集英社
東京都千代田区一ツ橋2-5-10　〒101-8050
電話　【編集部】03-3230-6095
【読者係】03-3230-6080
【販売部】03-3230-6393（書店専用）

印　刷　凸版印刷株式会社
製　本　凸版印刷株式会社

フォーマットデザイン　アリヤマデザインストア　　マークデザイン　居山浩二

ISBN978-4-08-744371-4 C0193